나는 노래하는 훈장님이다

노래하는 四字小學

차선환 훈장

이 책에 대하여

도(道)라는 것은 길을 가는 것이다. 길을 가려면 걸음걸이를 배워야 하고 걸음거리를 배웠으면 첫 걸음부터 조심하여 한걸음 한걸음 옮겨가면서 같이 가는 동행(同行)이나 마주보고 오는 타인(他人)에게 피해가 가지 않도록 양보(讓步)하고 서로 도우며 가는 것으로 즉(卽) 이 세상 모든 만물이 자연의 이치대로 편하게 행하며 살아가야할 길이 있는 것이요. 인위적(人爲的)으로 꾸며서 행하는 이상야릇하고 괴이한 행동을 하며 어떤 특이한 행위(行爲)를 하는 것은 도(道)가 아니며 하나의 술법(術法)이다. 공자(孔子)님께서도 '나는 괴이한 행동을 하여 세상을 현혹(眩惑)시키는 자를 좋아하지 않으며 이러한 짓은 하지도 않는다' 하셨다. 나는 오랫동안 어린이들과 같이 공부(工夫)하면서 느낀 점은 우리 어린이들은 한걸음 한걸음 나아가고 한걸음 한걸음 옮길 때마다 박수(拍手)를 쳐주며 자식을 응원하는 부모의 모습을 보고 행복해하며 웃음 짓는 돌잡이 어린 아이의 모습(模襲)을 느끼곤 한다. 그래서 어떻게 하면 어린이가 즐겁고 행복하게 사람의 도리를 배울 수 있는가를 생각하며 유심히 관찰(觀察)하고 시행(施行)해 본 결과 어린이 교육(敎育)은 억지로 하게 해서도 안 되고 취미(趣味)를 붙여 좋은 습관(習慣)을 길러 주는 것이 가장 효과(效果) 적이더라 하여 어린이가 배워야할 인성교육(人性敎育) 교재(敎材)에 번호(番號)를 적어서 순서(順序)대로 짚어가며 뜻을 새기고 명령의 투로 '해라' 하고 '하지 말라' 하던 것을 스스로 다짐하는 어투로 바꾸어 '하자'로 붙여 바꾸고 맨 위에 곡을 붙여서 음을 쉽고 신나게 노래하게 하였다. 악보를 맨 위로 하여 두고 삽화를 아래쪽으로 하여 마지막에 삽화를 그리게 한 것은 우리 모든 사람들은 음악이 있으면 흥이 나니 흥에 겨워서 글 뜻을 읊조리며 글자를 써 보기도 하고 삽화를 그리면서 그 모습을 상상하면 가슴에 새겨지고 배에 가득하여 자신도 모르는 사이에 익숙해져서 즐겁게 배우고 일상생활에 편안히 행할 수 있을 것이다. 이것은 내가 그동안 우리 어린이들에게 징험(徵驗)한 결과로 인성교육의 효과를 확신(確信)하는 바이다. 본 교재는 기존의 서당(書堂) 교재로 쓰이던 것 중에 현시대(現時代)와 맞지 않고 불필요 한 것을 첨삭(添削)하고 다른 경서와 또 나의 생각을 더하였으며 상권 중권 하권으로 분류(分類)를 하였다. 하여 부족(不足)하고 부끄러운 바가 매우 크다. 허나 우리 어린이나 청소년(靑少年)들에게 얼마의 도움이나마 없지는 않으리라보면서 사자구(四字句)를 맞추다보니 어조사(語助辭)적인 면에서 충실(充實)할 수 없었음을 죄송하게 생각하며 독자(讀者)여러분의 양해(諒解)를 구하는 바이다.

아무쪼록 이 책을 수학(修學) 하시는 여러분께 감사(感謝)의 말씀 전해 올리며 여러분께서 살아가시는 나날이 아름답고 행복(幸福)하시길 바랍니다.

상도서재 훈장 書

인성교육(人性教育)이란 무엇인가?

인성교육이란 사람이 본래 타고난 인의예지(仁義禮智)의 도리(道理)를 배워 알아 일상생활에 편안히 행하는 것이다.

인(仁)이란 사랑하고 아끼는 도리요, 의(義)란 옳지 못한 일을 하면 부끄러워하는 마음이며 예(禮)란 사양하고 배려하는 마음이며 지(智)란 옳고 그른 것을 판단하는 지혜로움을 이른다. 또 거기에 신(信)이 각기 해당되어 임(臨)하니 신(信)이란 성실하여 쉼이 없이 네 가지의 도리가 행해져서 아름답고 행복한 지극한 선(善)에 항상(恒常)하는 것이다.

인(仁)이 아니면 너그럽고 온화하고 유순한 마음이 어디에서 나오며, 의(義)가 아니면 떳떳하지 못함에 부끄러워하며 물욕(物慾)에 굴하지 않는 강직(剛直)함이 나올 수 없으며, 예(禮)가 아니면 엄숙한 예의를 삼가며 치우치지 않는 중용(中庸)의 도리가 어찌 행해지며, 지(智)가 아니면 문장의 조리와 글 뜻을 깨달아 그것을 어찌 자세히 살필 수 있으리오. 그 모든 일에 신(信)인 성실함으로써 믿음을 더하면 그 이상의 행복한 삶이 없으리니 어찌 이러한 보물이 나에게 있다는 사실을 모르고 이욕(利慾)을 따라 소중한 인생을 함부로 살아갈 수 있겠는가.

우리 모두는 현재의 우리가 어느 위치에 있는가를 살펴보자.

인륜의 차례와 도덕적 삶이 무너지고 급속히 다가오는 노령화 사회에 머지않아 젊은이 한 사람이 노인 한 분을 부양(扶養)해야 하는데 지금 교육상황이 어떠한가.

인성교육은 말뿐이고 어찌 보면 호랑이나 사자들과 같은 맹수(猛獸)적인 사냥기술을 가르치기 바쁘지 않은가 싶다. 남의 자녀보다 좀 더 빨리 알고 좀 더 빨리 달려가서 좋은 대학에 가고 졸업하면 좀 더 낳은 일자리를 차지하려 하는 데만 급급(急急)하여 부모형제를 돌아보고 이웃을 알며 어른을 공경하고 벗을 사귀는 도리와 스승과 선배를 예우(禮遇)하며 후배를 아끼며 나라에 충성(忠誠)하는 모습은 보기가 힘들다. 그리하여 어른들은 요즈음 젊은이들

젊은이들 하면서 혀를 차며 포기(抛棄)해 버리고 젊은이는 젊은이대로 자기 세대와 맞지 않다고 멀리하고 외면해 버리기 일쑤다. 생각해보면 사람이 살면서 제일 무서운 것은 핵폭탄도 아니며 전쟁도 아니다. 정의(正義)롭지 못한 전쟁을 일으켜 침략(侵掠)해 오면 나라를 위해 목숨을 걸고 싸우면 되고 싸우다 죽더라도 떳떳한 일이지만 정말 무서운 것은 나이를 들면서 젊은이에게 무시당하고 외면당하며 외로운 적막강산(寂寞江山)에 버려지는 것이다.

반대로 젊은이는 어떠한가. 어른들의 관심 밖으로 밀려나 행동으로 보여주는 교육이 실현(實現)되지 않아 길거리를 방황(彷徨)하고 집과 가족은 잠이나 자고 필요한 돈이나 제공(提供) 받는 것쯤으로 생각하는 바가 없지 않다. 이대로 간다면 머지않아 젊은이와 어른간의 갈등(葛藤)이 심화(深化)되어 분열(分裂)이 되면 서로가 살아갈 수 없으며 결국에는 사람으로서 감당(勘當)하기 힘든 외롭고 모욕(侮辱)적인 삶의 결과를 가져올 것이다.

우리 모두는 지금부터라도 우리 모두에게 제일 필요한 우리 본래(本來)의 모습을 회복(回復)하여 아름다운 세상을 살아보자.

사람이 진실로 선(善)을 가지고 인의예지(仁義禮智)의 도리로써 자기의 문제를 스스로 해결하고 상대를 배려(配慮)하면 발전(發展)하여 성공(成功)하지 못할 사람이 없다.

배우자! 사람의 도리를 배우면 어리석은 자가 밝아지고 지혜롭게 된다. 다만 자기 스스로를 해치는 사람은 자기 자신 속에 지극(至極)한 선(善)이 있다고 해도 믿지를 않고 자기를 버리는 사람은 자기 마음속에 있는 선(善)이란 보물을 계속해서 절차탁마(切磋琢磨)할 생각은 하지 않는다. 자기의 선(善)은 버리고 포기해 버리는 사람은 나만 해롭고 어리석은 데 그치지 않고 착한 사람들에게 해악(害惡)을 끼침에 이른다. 어찌 다 같은 선(善)한 몸으로 태어났는데 나만 이롭게 하려는 어리석은 삶을 살아가리오. 나 이사람 또한 인성(人性)의 도(道)를 공부하기 전에는 나의 선(善)한 모습을 모르고 나만 이롭게 하려는 마음으로 어린 시절을 보냈으나 지금은 다행(多幸)히도 공(孔), 맹(孟)의 도(道)를 배우고 행하면서 다소(多少)나마 어리석음을 면하여 여유(餘裕)있고 행복한 현재의 삶을 살아가고 있다.

어느 시인(詩人)이 말하길 우리는 이 세상에 소풍(逍風)을 왔다고 하였는데 그렇다 소풍 또한 사물을 보고 배우는 공부임에도 틀림없다. 그러나 나는 제자들에게 이렇게 말한다. 우리가 이 세상에 영명(靈明)한 기운을 받아 태어난 것은 인간 도리의 이치를 배우러 온 유학생(留學生)의 생활이라고, 이렇게 소중한 시간을 허망(虛妄)하게 보내버리면 영원히 행복하게 살아가는 저 세상에서 어떤 위치(位置)에 있겠는가. 이 세상에서 살아가는 모습 그대로 옮겨 가는 것이니 이 세상을 함부로 방탕(放蕩)하게 살지 말라고 말입니다. 우리 모두는 인간으로 태어난 이 축복(祝福)의 시간을 아끼고 또 아껴서 열심(熱心)히 배움에 충실(忠實)하시길 바라면서 두서(頭緖)없는 생각이지만 인성(人性)에 대하여 몇 자 적어 올리오니 부족한 점 헤아려 주시길 바라오며 언제나 건강(健康)하시고 화목한 가정과 보람된 사회생활 속에서 행복한 나날이 되시길 바랍니다.

상도서재 훈장 書

1	4	2	3	1	4	2	3
父	生	我	身	母	鞠	吾	身
아버지 부	날 생	나 아	몸 신	어머니 모	기를 국	나 오	몸 신

아버지께서 내 몸을 낳으시고 · 어머니께서 내 몸을 기르셨도다

" 시경(詩經)에 이르기를 '아버지여 나를 낳으시고 어머니여 나를 길러 주시니 그 은덕을 갚고자 할진댄 하늘과 같아 다할 길이 없도다' 하였다. 아버님께서는 나를 낳을 수 있도록 사랑의 씨앗을 뿌려 주시고 어머님께서는 그 씨앗을 잉태하여 내 몸을 이루어 주셨도다. **"**

순서에 맞춰 예쁘게 따라 써 보세요

′ ′ ′ 父						∠ 厶 日 母 母					
父						母					
′ ′ 牛 牛 生						一 卄 卄 芍 苎 苜 革 靪 靪 鞠 鞠					
生						鞠					
′ ′ 于 弄 我 我 我						一 丆 五 五 五 吾 吾					
我						吾					
′ ′ 自 自 自 身 身						′ ′ 自 自 自 身 身					
身						身					

▶ 달콤한 말로 사람들을 꾄다는 뜻의 한자어는?

1	2	4	3	1	2	4	3
腹	以	懷	我	乳	以	哺	我
배 복	써 이	품을 회	나 아	젖 유	써 이	먹일 포	나 아

배로써 나를 품으시고 | 젖으로써 나에게 먹이시며

" 어머니께서는 아버님께서 뿌려주신 사랑의 씨앗을 열 달 동안이나 뱃속에서 길러 주시고 나를 낳으신 후에는 젖으로써 나에게 먹여 주셨다.
나는 어머니의 품 속에서 배불리 먹고 부모님께서 물려 주신 육체를 기를 수 있었다. "

순 서에 맞춰 예쁘게 따라 써 보세요

） 刀 月 刖 扩 胪 腈 胪 腹 腹 腹	´ ´ ㄶ 吥 乎 孚 乳
腹	乳
` 丷 以 以	` 丷 以 以
以	以
´ ㅏ 忄 忄 忄 忄 悄 懷 懷 懷	） 冂 冂 叮 叮 吥 吥 呏 哺 哺
懷	哺
´ 二 于 手 扺 我 我	´ 二 于 手 扺 我 我
我	我

감언이설(甘言利說)

2	1	4	3	2	1	4	3
拊	我	畜	我	長	我	育	我

어루만질 부	나 아	기를 휵	나 아	자랄 장	나 아	기를 육	나 아

나를 어루만지며 나를 길러 주시고　　나를 자라게하고 나를 키워 주시며

" 부(拊)는 어루만지고 쓰다듬어 주시는 것이요, 육(育)은 덮어서 길러 주심이다. 아버지 어머니께서는 어루만지고 쓰다듬어 주시며, 사랑으로 나를 자라게 하시기를 밤과 낮이 없이 하셨도다. "

순서에 맞춰 예쁘게 따라 써 보세요

一 丁 扌 扩 扜 扝 拊 拊			一 厂 F F 토 E 長 長		
拊			長		
丿 二 干 手 我 我 我			丿 二 干 手 我 我 我		
我			我		
丶 一 亠 玄 玄 畜 畜 畜 畜			丶 一 亠 玄 产 育 育 育		
畜			育		
丿 二 干 手 我 我 我			丿 二 干 手 我 我 我		
我			我		

잘못된 것을 고치고 올바른 길을 간다는 뜻의 한자어는?

2	1	4	3	2	1	4	3
以	衣	溫	我	以	食	活	我
써	이옷 의	따뜻할 온	나 아	써 이	밥 식	살 활	나 아

옷으로써 나를 따뜻하게 하시고 | 밥으로써 나를 살려 주시며

66 부모님께서는 헐벗고 굶주리시면서도 추우면 자식이 추울세라
따뜻한 옷을 입혀 주시고 더울 때는 시원한 옷을 입혀서
용모(容貌) 단정하게 해
주셨다. 여러
음식(飮食)으로 나를
건강하게 살아갈 수
있도록 애써
주셨도다. 99

순서에 맞춰 예쁘게 따라 써 보세요

` Ｖ 以 以				` Ｖ 以 以			
以				以			
` 亠 ㇒ 衣 衣 衣				ノ 人 ㇏ 今 今 食 食 食 食			
衣				食			
丶 氵 氵 沪 泗 泗 泗 渭 溫 溫				丶 丶 氵 氵 汇 泞 汗 汗 活 活			
溫				活			
` 二 千 手 扎 我 我				` 二 千 手 扎 我 我			
我				我			

개과천선(改過遷善)

2	1	4	3	1	2	4	3
顧	我	復	我	出	入	腹	我
돌아볼 고	나 아	다시 부	나 아	날 출	들 입	마음 복	나 아

나를 돌아보고 나를 다시 돌아보시며 | 출입할때에 나를 가슴속에 두시니

> **❝** 행여나 위험한 것을 만지며 노는 것은 아닌가 보살피시고 또 보살펴 주시며, 외출(外出)을 하거나 하면 자식이 돌아올 때까지 가슴속에 품으시고 언제나 내가 무사하게 집에 오길 기원하신다. 우리 모두 부모님께서 걱정을 안 하시도록 믿음을 드리자. **❞**

순서에 맞춰 예쁘게 따라 써 보세요

` ｺ ｱ 戶 屛 屛 雇 雇 顧 顧 顧				｜ 屮 屮 出 出			
顧				出			
´ ´ 二 于 手 扎 我 我				ノ 入			
我				入			
ゞ ィ ィ ィ 彳 彳 袝 袝 復 復				｜ ｜ 月 月 肵 肵 脂 脂 胺 腹			
復				腹			
´ ´ 二 于 手 扎 我 我				´ ´ 二 于 手 扎 我 我			
我				我			

◐ 좋은 것을 보면 갖고 싶은 욕심이 생긴다는 뜻의 한자어는?

1	2	4	3	1	2	4	3
恩	高	如	天	德	厚	似	地
은혜 은	높을 고	같을 여	하늘 천	덕 덕	두터울 후	같을 사	땅 지

은혜의 높기는 하늘과 같고   덕은 두텁기가 땅과 같도다

" 부모님께서 나를 낳아 주시고 또 길러 주시길 끝도 없고 가도 없이 하시니 은혜(恩惠)의 높기는 하늘과 같고 덕은 두텁기가 땅과 같도다. "

순서에 맞춰 예쁘게 따라 써 보세요

| 一 冂 冃 [illegible]later | | | | 德 서법 | | | |

恩　一 冂 冃 㐤 㐫 因 因 恩 恩 恩
德　丿 彳 彳 彳 徝 徸 德 德 德

高　丶 亠 亠 亠 亠 高 高 高 高
厚　一 厂 厂 厈 厚 厚 厚 厚 厚

如　く 夂 女 如 如 如
似　丿 亻 亻 似 似 似 似

天　一 二 チ 天
地　一 十 土 圵 地 地

견물생심(見物生心)

4	3	1	2	1	2	4	3
欲	報	其	德	昊	天	罔	極
하고자할 욕	갚을 보	그 기	덕 덕	하늘 호	하늘 천	없을 망	다할 극

그 은덕을 갚고자 할진대	하늘과 같아 끝이 없도다

66 부모님께서는 사랑으로 나를 낳아서 길러 주신 그 높고 깊은
은덕을 갚고자 하여도 하늘과 땅처럼 다할 길은 없지만

하루하루를 부모님
말씀을 따라서
성실하게 살아가면
만분의 일이라도 갚을
수 있으리라. 99

순서에 맞춰 예쁘게 따라 써 보세요

ソ グ グ グ グ 谷 谷 谷 欲 欲					' 冂 日 日 旦 르 르 昊 昊				
欲					昊				
一 十 土 去 去 幸 報 報 報					一 二 千 天				
報					天				
一 十 十 共 甘 其 其 其					丨 冂 冂 冂 冈 冈 冈 罔				
其					罔				
' ク 彳 彳 彳 犲 徝 德 德 德					十 才 木 朴 朽 柯 柯 極 極 極				
德					極				

어려움을 참아내면 즐거움이 온다는 뜻의 한자어는?

3	1	2	4	1	4	3	2
爲	人	子	者	曷	不	爲	孝
될 위	사람 인	아들 자	놈 자	어찌 갈	아니 불	할 위	효도 효

사람의 자식이 된 자로 | **어찌 효도를 하지 않으리오**

" 사람의 몸과 성품(性品)을 타고난 자식으로, 어찌 부모님의 사랑과 은덕을 잊고서 사람 된 도리 중에 으뜸인 효를 행하지 않아 부모님을 슬프게 하고 자신 또한 불행에 처하리오. 사랑 가운데에 부모님을 사랑하는 것보다 우선(優先)인 것은 없다. "

순서에 맞춰 예쁘게 따라 써 보세요

` 丶 亠 ⺆ ⼾ ⼾ 尸 爲 爲 爲	` 丶 口 日 日 冐 昮 昮 曷
爲	曷
ノ 人	一 丆 不 不
人	不
了 子	` 丶 亠 ⺆ ⼾ ⼾ 尸 爲 爲 爲
子	爲
一 十 土 耂 耂 者 者 者 者	一 十 土 耂 耂 孝 孝
者	孝

고진감래(苦盡甘來)

1	2	4	3	1	2	3	4
父	母	呼	我	唯	而	趨	進
아버지 부	어머니 모	부를 호	나 아	대답할 유	말이을 이	달려갈 추	나아갈 진

부모님께서 나를 부르시거든	빨리 대답하고 달려가며

“ 부모님께서 나를 부르시거든 "예, 아버님" "예, 어머님" 하고
빨리 대답하고 부모님 전(前)에 나아가야지, 대답을 아니 하거나
느리게 대답(對答)하고
대답만 해놓고
부모님께 달려
나가지 아니하면
부모님의 명하심을
듣고 따르지 않는
큰 잘못이다. ”

ノ ハ グ 父				｜ 口 口 叩 叫 叫 따 따 吟 唯 唯			
父				唯			

ㄴ 口 口 母 母				一 ㄱ 厂 而 而 而			
母				而			

｜ 口 口 叮 叮 吁 吁 呼				十 土 キ 走 起 起 趄 趨 趨 趨			
呼				趨			

ノ 一 二 チ 手 我 我 我				ノ イ イ イ 作 住 隹 隹 進 進			
我				進			

⟳ 예전에 비해 실력이 놀랄만큼 늘었다는 뜻의 한자어는?

2	1	3	4	2	1	4	3
有	命	必	從	勿	逆	勿	怠
있을 유	명령할 명	반드시 필	좇을 종	말 물	거스릴 역	말 물	게으를 태

명하심이 있으시면 반드시 따르고   거역하지 말고 게을리 하지 말자

> 부모님께서 명(命)하여 지시(指示)하신 것은 반드시 따르고,
> 스스로 할 수 있는 일을 못한다고 거역(拒逆)하거나 억지로
> 하면서 게으름을 부려 부모님의 심기를 불편하게 해드리면,
> 자신도 마음이
> 편치 못하고
> 가정이
> 화목(和睦)하지
> 못하리라.

순서에 맞춰 예쁘게 따라 써 보세요

ノ ナ ナ 右 有 有				ノ ケ 勾 勿			
有				勿			

ノ 人 ム 全 合 合 命 命				丶 丷 艹 逆 逆			
命				逆			

丶 ソ 必 必 必				ノ ケ 勾 勿			
必				勿			

ノ 彳 彳 从 从 從 從				台 台 台 怠 怠 怠			
從				怠			

괄목상대(刮目相對)

3	4	1	2	2	1	4	3
侍	坐	父	母	勿	踞	勿	臥
모실 시	앉을 좌	아버지 부	어머니 모	말 물	걸터앉을 거	말 물	누울 와

부모님을 모시고 앉아있거든 | 걸터앉지도 말고 눕지도 말며

> **"** 부모님 즉 어른을 모시고 앉아 있을 때에는 자세(姿勢)를 바르게 하여 걸터앉거나 누워서 부모님을 대해서는 안 된다.

바르게 앉아서
단정한 모습이어야
마음도 단정하여
착한 아들딸의
모습이 된다. **"**

순서에 맞춰 예쁘게 따라 써 보세요

ノ イ イ 仁 仕 件 侍 侍				ノ 勺 勺 勿			
侍				勿			

ノ 人 丬 坐 坐 丛 坐 坐				口 口 무 묘 跍 跁 跙 踞 踞 踞			
坐				踞			

ノ ハ グ 父				ノ 勺 勺 勿			
父				勿			

乚 口 口 母 母				一 ㄒ 臣 臣 臣 臣 臥			
母				臥			

➡ 여러 번 죽을 고비를 넘기고 살아난다는 뜻의 한자어는?

1	2	4	3	2	1	3	4
父	母	有	命	俯	首	敬	聽
아버지 부	어머니 모	있을 유	유명할 명	숙일 부	머리 수	공경할 경	들을 청
부모님께서 명하심이 있으시거든				머리를 숙이고 공경히 듣자			

“부모님께서 명(命)하심이 계시거든 응(應)하기를 빨리 하고 공손(恭遜)히 대답(對答)하며 머리를 공손히 숙이고 공경(恭敬)히 들어야 한다. 공경히 듣지 않고 무슨 말씀을 하셨는지를 모르고 엉뚱한 일을 하여서는 안 되니 부모님 말씀을 공경히 듣도록 하자.”

순서에 맞춰 예쁘게 따라 써 보세요

ノ 八 グ 父				ノ イ 亻 亻 广 伫 伫 俯 俯 俯			
父				俯			
𠃋 𠂹 母 母 母				丶 丷 䒑 䒑 丷 䒑 首 首 首			
母				首			
ノ ナ 𠂇 冇 有 有				一 十 卄 卄 芍 苟 苟 敬 敬 敬			
有				敬			
ノ 人 亼 亼 合 合 合 命				一 T 耳 耳 耳 耳 聽 聽 聽 聽			
命				聽			

1	2	3	4	1	2	3	4
父	母	出	入	每	必	起	立
아버지 부	어머니 모	날 출	들 입	매양 매	반드시 필	일어날 기	설 립

부모님께서 나가시거나 들어오시거든 | 매양 반드시 일어서며

" 부모님께서 외출(外出)을 하시거나 외출에서 돌아오시면 매번 반드시 일어서서 "안녕히 다녀오십시오", "안녕히 다녀오셨습니까" 하고 정중(正中)하게 인사를 해야 한다. 본인 스스로도 출입(出入) 할 적에 부모님께서는 돌아보고 또 돌아보고 가슴에 두신다고 하셨다. "

순서에 맞춰 예쁘게 따라 써 보세요

ノ ハ ク 父				ノ ー ト 与 与 毎 毎			
父				每			

ㄴ [illegible]county 母 母				、 ソ 必 必 必			
母				必			

｜ 屮 屮 出 出				一 十 土 キ 走 走 起 起 起			
出				起			

ノ 入				、 二 二 立 立			
入				立			

좋은 일에 있는데 또 좋은 일이 생긴다는 뜻의 한자어는?

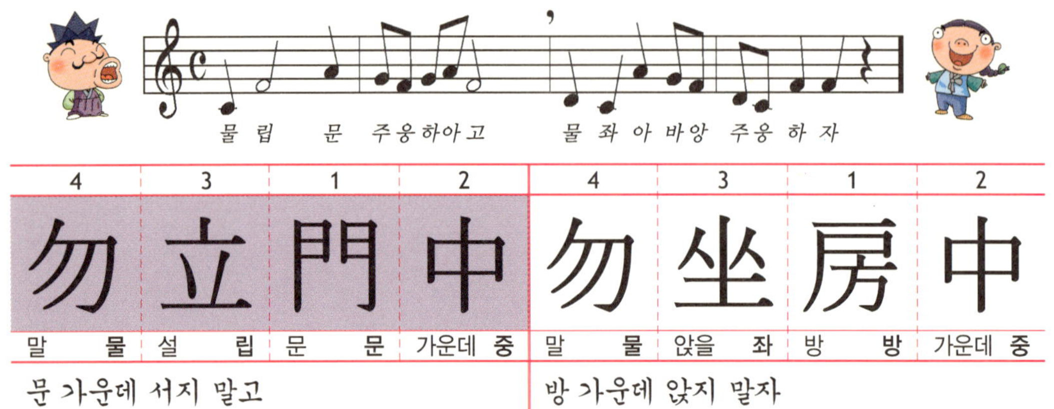

4	3	1	2	4	3	1	2
勿	立	門	中	勿	坐	房	中
말 물	설 립	문 문	가운데 중	말 물	앉을 좌	방 방	가운데 중

문 가운데 서지 말고   방 가운데 앉지 말자

    ❝ 문 가운데 문턱을 밟고 서 있으면 복(福)이 들어올 수 없으며 다른 사람의 출입(出入)을 방해 하는 것이며, 방(房) 가운데를 차지하고 앉아 있는 것 또한 모든 가족(家族)의 통행(通行)에 방해(妨害)가 된다. 가족 간에도 도덕(道德)적인 생활(生活)을 하여야 한다. **❞**

순서에 맞춰 예쁘게 따라 써 보세요

ノ ク 勺 勿				ノ ク 勺 勿			
勿				勿			
、 ー 宀 立 立				ノ ㇏ 刂 坐 坐 坐 坐			
立				坐			
丨 冂 冃 冃 冃 冃 門 門 門				、 亠 亠 户 户 户 房 房			
門				房			
丨 冂 口 中				丨 冂 口 中			
中				中			

금상첨화(錦上添花)

3	4	1	2	1	2	3	4
出	入	門	戶	開	閉	必	恭
날 출	들 입	문 문	문 호	열 개	닫을 폐	반드시 필	공손할 공

문을 나가고 들어오거든	열고 닫기를 반드시 공손히 하자

 " 대문이나 방문을 열고 나가거나 들어올 때, 문을 여닫는 소리가 크면 모든 가족과 이웃에게 소음을 일으켜 실례(失禮)가 되며 문이 파손될 염려가 있다.

추위도 막아주고 도적도 막아주는 고마운 문을 함부로 하지 말고 감사한 마음으로 공손(恭遜)히 열고 닫자. "

순서에 맞춰 예쁘게 따라 써 보세요

ㅣ 屮 屮 出 出			
出			
ノ 入			
入			
ㅣ ㅏ ㅏ ㅏ ㅏ 門 門 門			
門			
、 ㄱ ㄹ 戶			
戶			

ㅣ ㅏ ㅏ ㅏ ㅏ ㅏ 門 門 門 閂 開			
開			
ㅣ ㅏ ㅏ ㅏ ㅏ 門 門 門 閉 閉			
閉			
、 ソ 必 必 必			
必			
一 十 廿 共 共 共 恭 恭 恭 恭			
恭			

1	4	2	3	1	4	2	3
須	勿	大	唾	亦	勿	弘	言
모름지기수	말 물	큰 대	침 타	또 역	말 물	클 홍	말씀 언

모름지기 큰소리로 침 뱉지 말며   또한 큰소리를 말하지 말자

> 침을 자주 뱉거나 큰소리로 뱉는 것은 좋지 못한 습관(習慣)이며 타인(他人)에게도 불쾌(不快)감을 주니 삼가야 한다.

또한 큰소리로 떠들며 말하는 것도 나쁜 습관이니 차분하고 조용하면서도 분명(分明)하게 말하는 습관을 길러보자.

丿 丿 彡 乡 纩 纩 纩 須 須 須 須		丶 亠 广 亣 亦 亦
須		亦
丿 勹 勺 勿		丿 勹 勺 勿
勿		勿
一 ナ 大		乛 弓 弘 弘
大		弘
口 口 口 叮 叮 [illegible] 哘 唾 唾		丶 亠 言 言 言 言 言
唾		言

기상천외(奇想天外)

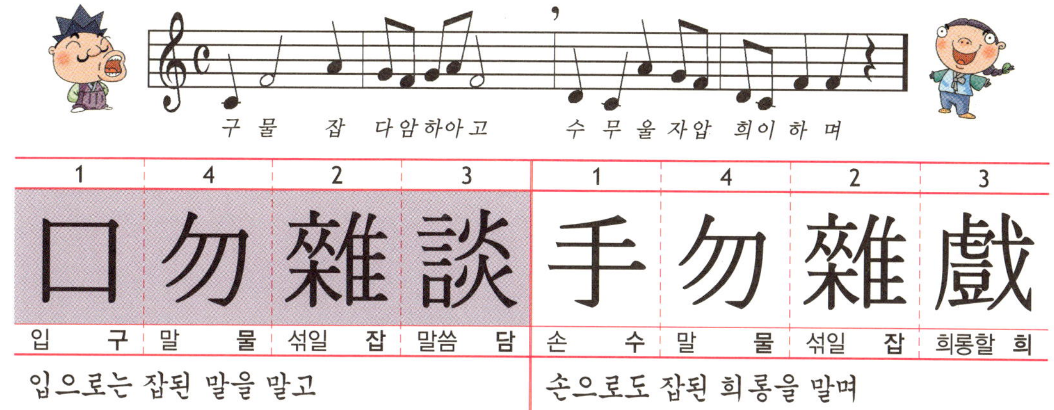

1	4	2	3	1	4	2	3
口	勿	雜	談	手	勿	雜	戱
입 구	말 물	섞일 잡	말씀 담	손 수	말 물	섞일 잡	희롱할 회

입으로는 잡된 말을 말고   손으로도 잡된 희롱을 말며

“ 말을 삼가해 쓸데없는 잡담을 하지 말고, 손으로 잡된 놀이를 해서도 아니된다. 예를 들면 요즈음 청소년(靑少年) 들은 때와 장소(場所)를 가리지 않고 핸드폰을 가지고 이상한 말투로 잡담(雜談)을 하고 쓸데 없는 놀이를 많이 하는 것을 볼 수 있다. ”

순서에 맞춰 예쁘게 따라 써 보세요

ㅣ 冂 口				ノ 一 三 手			
口				手			

ノ 勺 勺 勿				ノ 勺 勺 勿			
勿				勿			

雜				雜			

談				戱			

무엇이든지 많으면 많을수록 좋다는 뜻의 한자어는?

1	4	3	2	1	4	3	2
行	勿	慢	步	坐	勿	倚	身
다닐 행	말 물	거만할 만	걸음 보	앉을 좌	말 물	기댈 의	몸 신

걸을 때 거만하게 걷지 말고	앉을 때는 몸을 기대지 말자

66 걸음을 걸을 때는 바르게 앞을 보고 걸으며 두리번거리거나 경망(輕妄)스럽게 걷지 말아야 한다. 앉을 때에도 몸을 벽(壁)에 기대서 다리를 펴고 자세(姿勢)를 바르게 하지 않아 척추(脊椎)가 휘거나 어깨가 틀어지는 일이 없도록 하자. **99**

순서에 맞춰 예쁘게 따라 써 보세요

ノ ノ 彳 彳 行 行	ノ 人 시 사 坐 坐 坐
行	坐
ノ ク ク 勿	ノ ク ク 勿
勿	勿
忄 忄 忄 忄 忄 忄 慢 慢 慢	ノ イ 忄 伫 伫 佮 佮 倚 倚
慢	倚
一 上 止 止 步 步 步	ノ イ 竹 白 身 身 身
步	身

다다익선(多多益善)

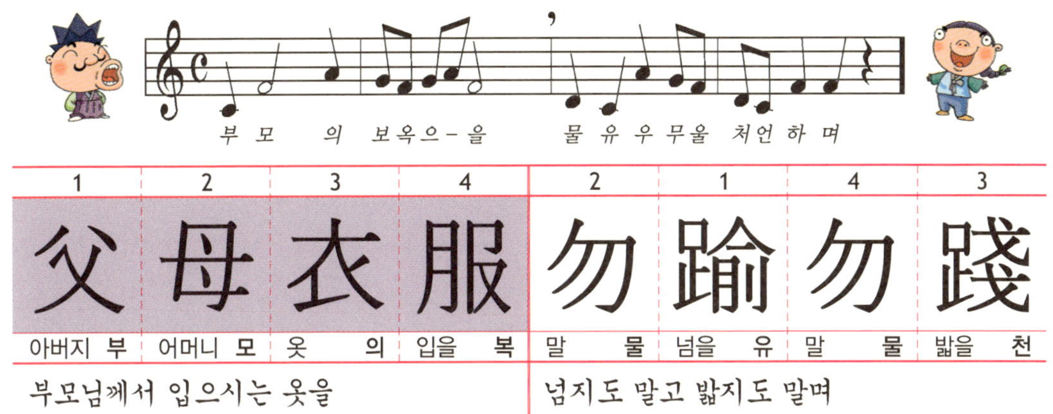

1	2	3	4	2	1	4	3
父	母	衣	服	勿	踰	勿	踐
아버지 부	어머니 모	옷 의	입을 복	말 물	넘을 유	말 물	밟을 천

부모님께서 입으시는 옷을 | 넘지도 말고 밟지도 말며

> " 부모님께서 입으시는 옷이나 쓰시는
> 물건(物件)은 항상 삼가고 조심하여 넘어
> 다니거나 밟으며 함부로 만져서는 안 된다.
> 부모님께서 쓰시는 물건을 만지면 하시는
> 일에 방해(妨害)가 될 수 있으니
> 만일 만져야 할 경우라면 꼭
> 여쭈어 보고 만지도록
> 하자. "

순서에 맞춰 예쁘게 따라 써 보세요

ノ ハ 分 父				ノ ク 勹 勿			
父				勿			

乚 母	廾	丹	母	母	ヽ 口 口 马 马 跗 跗 跗 踰 踰		
母				踰			

ヽ ニ ナ 六 衣 衣				ノ ク 勹 勿			
衣				勿			

ノ 刀 月 月 朋 朋 服 服				口 口 马 马 趺 践 践 践 踐 踐		
服				踐			

○ 정이 많고 느낌이 섬세하여 감동을 잘하는 성격을 뜻하는 한자어는?

	1	2	4	3		1	2	4	3
	膝	前	勿	坐		面	上	勿	仰
	무릎 슬	앞 전	말 물	앉을 좌		낮 면	위 상	말 물	우러를 앙

무릎 앞에 앉지 말며   얼굴을 위로 들고 올려다 보지 말자

" 부모님의 무릎 앞에 바짝 앉아서 부모님의 얼굴을 올려다보면 공경(恭敬)스럽지 못한 모습(模襲)이다. 부모님께 불편(不便)을 드리지 않도록 조금 거리(距離)를 두고 앉아, 부모님께 불편을 드리는 아들 딸이 되지 말자. "

순서에 맞춰 예쁘게 따라 써 보세요

丿 刀 月 月 月 月 肤 胪 膝 膝	一 丆 丆 丏 而 而 而 面 面
膝	面
丶 丷 并 广 广 前 前 前	一 卜 上
前	上
丿 勹 勺 勿	丿 勹 勺 勿
勿	勿
丿 人 𠂤 坐 坐 坐 坐	丿 亻 亻 化 佴 仰
坐	仰

다정다감(多情多感)

1	2	4	3	1	2	4	3
父	母	有	疾	憂	而	謀	愈
아버지 부	어머니 모	있을 유	병 질	근심 우	말이을 이	꾀할 모	나을 유

부모님께서 질병이 있으시거든 | 근심하고 병낫기를 꾀하고

" 부모님께서 병이 나시면 마음으로 근심을 일으켜 병환(病患)이
빨리 나을 수 있도록 밤낮으로 정성(情誠)을 다하여 약(藥)과
음식을 구하여
봉양(奉養)하면 부모님께서
자식의 효성(孝誠)에
마음이 편안(便安)해져서
병환(病患)이 빨리
회복(回復) 되실 것이다. "

순서에 맞춰 예쁘게 따라 써 보세요

ノ ハ グ 父	一 ァ 丙 百 亘 直 憂 憂 憂 憂
父	憂
ㄴ ㅁ ㅁ 母 母	一 ァ 丆 丙 而 而
母	而
ノ ナ オ 冇 有 有	二 亖 言 言 言 訮 諆 諌 謀
有	謀
丶 亠 广 广 疒 疒 疒 疒 疾 疾	ノ 人 人 今 今 合 俞 俞 愈 愈
疾	愈

1	2	3	4	1	2	4	3
父	母	愛	之	喜	而	勿	忘
아버지 부	어머니 모	사랑 애	어조사 지	기쁠 회	말이을 이	말 물	잊을 망

부모님께서 사랑해 주시거든	기뻐하여 잊지 말며

“ 부모님께서 사랑해 주시면 우리들은 당연한 것으로만 알고 그 고마움을 모른다. 그러면서 자신의 마음에 흡족(洽足)하지 못한 일이 있으면 불평불만(不平不滿)을 하니 그 많은 사랑은 어찌 잊고서 불평불만을 하는가. 부모님의 사랑을 잊지 않으면 불평이 없어지리라. ”

순서에 맞춰 예쁘게 따라 써 보세요

ノ ハ グ 父				一 十 士 吉 吉 吉 吉 喜 喜			
父				喜			
ㄴ 口 马 母 母				一 ㄱ ㄲ 而 而 而			
母				而			
⺥ ⺥ ⺤ ⺤ ⺤ 忩 忩 愛 愛 愛				ノ [illegible]succeeds 勹 勿			
愛				勿			
丶 ㇇ 之				丶 亠 忙 忙 忘 忘 忘			
之				忘			

단도직입(單刀直入)

1	2	3	4	1	2	4	3
父	母	惡	之	懼	而	勿	怨
아버지 부	어머니 모	미워할 오	어조사 지	두려울 구	말이을 이	말 물	원망할 원

부모님께서 미워하시더라도

두려워하되 원망하지 말자

❝ 천하에 자식을 미워하는 부모는 없다. 부모님께서 나에게 꾸중을 하실 적에는 나의 잘못을 바로 잡아 올바른 길로 인도(引導) 하심이니, 빨리 나의 잘못을 알고 부모님 마음을 아프게 해드린 것을 죄송스럽게 생각해야지, 원망(怨望)을 품어서는 안된다. **❞**

순서에 맞춰 예쁘게 따라 써 보세요

ノ ハ ゲ 父				` イ 忄 忄 忄 忄 忄 忄 懼 懼			
父				懼			
乚 ㄓ ㄢ 母 母				一 ㄓ ㄏ 而 而 而			
母				而			
一 一 一 亓 币 币 亞 亞 惡 惡				ノ 勹 勹 勿			
惡				勿			
` 二 之				ノ ㄕ ㄗ ㄗ 夘 夗 怨 怨 怨			
之				怨			

◎ 남의 말을 듣지 않고 자기 생각대로만 아는 사람을 뜻하는 한자어는?

1	2	3	4	1	2	3	4
飮	食	雖	厭	與	之	必	食
마실 음	먹을 식	비록 수	싫어할 염	줄 여	어조사 지	반드시 필	먹을 식

음식이 비록 싫더라도 | 주시거든 반드시 먹고

> 부모님은 자식에게 음식(飮食)을 주실 적에도 모든 정성과 사랑으로 자식의 건강(健康)을 생각하신다. 입에 달콤한 음식만 먹으면 건강을 해치니 나의 건강을 위해 주신 음식을 골고루 먹어야지, 편식(偏食)을 하여 부모님께 걱정을 끼쳐드리지 말자.

순서에 맞춰 예쁘게 따라 써 보세요

飮	與
ノ ハ ト ゲ 今 今 食 食 飣 飲 飲	′ ｒ ｆ ｆ ｆ ｆ 臼 臼 卸 卸 脚 與
食	之
ノ 人 ㅅ 今 今 今 食 食 食	、 ㇡ 之
雖	必
口 吕 吕 虽 虽 虽 虽 虽 雖 雖	、 ソ 必 必 必
厭	食
一 厂 厏 厌 厌 厌 厌 厭 厭 厭	ノ 人 ㅅ 今 今 今 食 食 食

독불장군(獨不將軍)

1	2	3	4	1	2	3	4
衣	服	雖	惡	與	之	必	著
옷 의	옷 복	비록 수	나쁠 악	줄 여	어조사 지	반드시 필	입을 착

의복이 비록 나쁘더라도   주시거든 반드시 입자

❝ 의복이 비록 내 맘에 꼭 들지 않더라도 부모님께서 애써 준비해 주신 옷을 감사한 마음으로 입자. 모든 부모님께서는 좋은 옷, 좋은 신발을 사주고 싶지만 형편(形便)상 그러지 못한 경우(境遇)도 있다. 의복은 추위를 막고 단정하면 된다. 부모님 마음도 헤아려 드리자. **❞**

순서에 맞춰 예쁘게 따라 써 보세요

` 一 ナ 才 衣 衣						丿 亻 亻 臼 臼 臼 臼 臼 與 與				
衣						與					
丿 刀 月 月 肝 胪 服 服						` 亠 之				
服						之					
口 吕 吊 虽 虽 虽 虽 雖 雖 雖						` ソ 必 必 必				
雖						必					
一 一 十 子 予 亞 亞 亞 惡 惡						一 十 艹 艹 艾 芝 芝 芝 著 著				
惡						著					

⊙ 물어보는 말과 상관없이 엉뚱하게 대답한다는 뜻의 한자어는?

4	3	1	2	1	2	3	4
勿	登	高	樹	父	母	憂	之
말 물	오를 등	높을 고	나무 수	아버지 부	어머니 모	근심 우	어조사 지

높은 나무에 오르지 말자   부모님께서 근심 하시느니라

" 높은 나무나 위험한 곳에는 오르지 말자. 부모님께서는 우리가 나가거나 들어올 때 매양(每樣) 가슴에 두신다고 했다. 그러니 위험(危險)한 곳에 오르거나 위험한 놀이는 하지 말아서 부모님의 근심을 들어드리고 신체(身體)를 보존(保存)하는 효도를 하자. "

순서에 맞춰 예쁘게 따라 써 보세요

ノ ク 勺 勿				ノ ハ ク 父			
勿				父			

フ ヲ ヲ ヲ 癶 癶 癶 癶 登 登				ㄴ ㄐ ㄐ 뮤 母			
登				母			

、 亠 宀 宁 宁 宁 高 高 高 高				一 丆 丙 百 百 直 惪 惪 憂 憂			
高				憂			

十 木 木 杧 杧 桔 桔 樹 樹 樹 樹				、 亠 之			
樹				之			

동문서답(東問西答)

4	3	1	2	1	2	3	4
勿	泳	深	淵	父	母	念	之
말 물	헤엄칠 영	깊을 심	못 연	아버지 부	어머니 모	생각 념	어조사 지

깊은 연못에서 헤엄치지 말자	부모님께서 염려하시느니라

> **"** 우리는 해마다 여름 더위를 피하여 물놀이를 가는데 그때마다 많은 익사(溺死) 사고가 난다. 수영 미숙(未熟)과 잠깐의 부주위로 소중(所重)한 생명을 잃어서 부모님께서는 물가에서 노는 우리를 늘 염려하신다. 우리 모두는 깊은 못에 가지 말자. **"**

순서에 맞춰 예쁘게 따라 써 보세요

ノ 勹 勹 勿				ノ ハ グ 父			
勿				父			

` ` 氵 氵 汀 河 泳 泳				ㄴ 乜 母 母 母			
泳				母			

` ` 氵 氵 氵 沪 泙 深 深				ノ 人 人 今 今 念 念 念			
深				念			

` 氵 氵 氵 沪 洲 淵 淵 淵				` 丶 之			
淵				之			

◆ 같이 행동하지만 속으로는 다른 생각을 한다는 뜻의 한자어는?

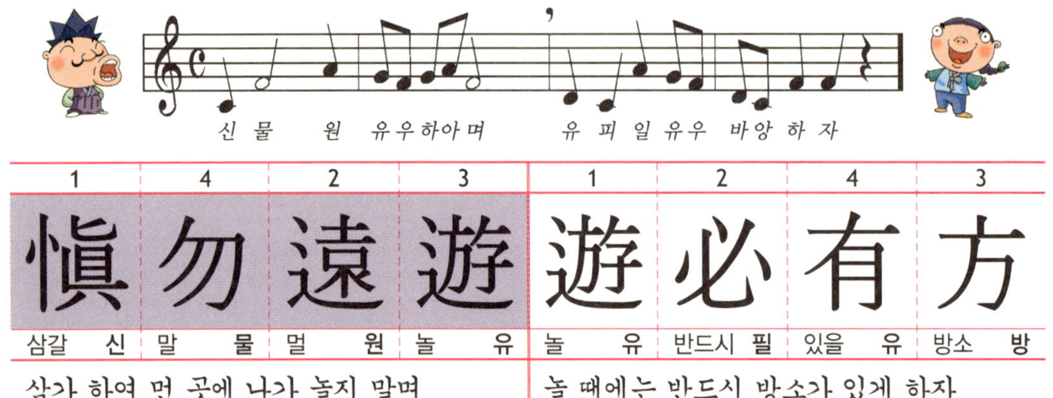

1	4	2	3	1	2	4	3
愼	勿	遠	遊	遊	必	有	方
삼갈 신	말 물	멀 원	놀 유	놀 유	반드시 필	있을 유	방소 방

삼가 하여 먼 곳에 나가 놀지 말며 | 놀 때에는 반드시 방소가 있게 하자

> 노는 것을 삼가고 멀리 나가 놀지 말자 집과의 거리는 관계(關係)없이 부모님 몰래 나쁜 짓을 하는 것도 부모님을 속이고 멀리 노는 것이니 부모님께서 부르시면 달려갈 수 있고 드러난 곳에서 건전(健全)하게 놀며 노는 장소(場所)를 꼭 말씀드리자.

순서에 맞춰 예쁘게 따라 써 보세요

愼: ㅅ ㅏ ㅏ ㅏ ㅏ 愼 愼 愼 愼 愼

遊: ` ⼀ 亐 方 方 方 斿 斿 游 遊

勿: ノ 勹 勺 勿

必: ` ㇒ 必 必 必

遠: 十 土 푸 吉 吉 声 壴 袁 读 遠

有: ノ ナ 尢 有 有 有

遊: ` ⼀ 亐 方 方 方 斿 斿 游 遊

方: ` 亠 亐 方

동상이몽(同床異夢)

	1	2	3	4	1	2	3	4
	出	必	告	之	反	必	拜	謁
	날 출	반드시 필	아뢸 곡	어조사 지	돌아올 반	반드시 필	절 배	아뢸 알

나갈때는 반드시 아뢰고   돌아와서는 반드시 인사드리고 뵙자

" 외출(外出)을 할 때는 어느 곳으로 무슨 일로 간다고 아뢰고
돌아와서는 반드시 부모님을 뵙고 다녀온 일을 말씀드리자.
부모님께서는 자녀들의 일에 대하여 늘
궁금해 하시고
염려(念慮) 하신다.
부모님의 근심을
들어드리자. "

순서에 맞춰 예쁘게 따라 써 보세요

丨 屮 屮 出 出			丆 厂 反 反		
出			反		

丶 丿 必 必 必			丶 丿 必 必 必		
必			必		

丿 牛 生 告 告			手 手 手 手 手 拜		
告			拜		

丶 宀 之			言 訓 訊 訊 謁 謁 謁		
之			謁		

◐ 가까이 있는 사람이나 물건을 잘 찾지 못한다는 뜻의 한자어는?

1	2	4	3	1	4	2	3
我	身	不	賢	辱	及	父	母
나 아	몸 신	아니 불	어질 현	욕될 욕	미칠 급	아버지 부	어머니 모

내몸이 어질지 아니하면 　　　　욕됨이 부모님께 미치고

" 내 몸이 착하지 못하여 악(惡)한 행동(行動)을 하면 본인 자신도 형벌(刑罰)을 받지만 부모님 또한 자식 교육(教育)을 올바로 시키지 못했다고 사람들에게 욕(辱)됨을 받는다. 어느 부모가 자식을 악하게 가르치리오. 우리 모두 어질고 착하게 생활하자. "

순서에 맞춰 예쁘게 따라 써 보세요

´ 二 チ 手 我 我 我		⼀ 厂 厂 尸 辰 辰 辰 辰 辱 辱	
我		辱	

´ ⼻ ⼧ 角 肖 自 身		ノ 乃 及	
身		及	

⼀ プ 不 不		´ ⼋ 分 父	
不		父	

⼀ 子 子 手 臤 臤 臤 腎 腎 賢		⼈ 乃 母 母 母	
賢		母	

등하불명(燈下不明)

1	2	3	4	1	4	2	3
我	身	能	善	譽	及	父	母
나 아	몸 신	능할 능	착할 선	명예 예	미칠 급	아버지 부	어머니 모

내 몸이 능히 착하면 | 명예가 부모님께 미치느니라

> 내 몸이 능히 착하여 사람의 자식이
> 된 도리를 다하고 나아가
> 이 세상에 우뚝 서서 아름답고 훌륭한
> 일을 함이 있다면 스스로도
> 행복하고 부모님께도
> 그 영광(榮光)의 명예(名譽)가
> 돌아가리니 자식 된 자는 명심 또
> 명심하여 착하게 생활(生活)하자.

ノ 二 千 手 我 我 我				ｆ ｆ ｆ ｆ 臾 臾 臾 與 譽 譽				
我				譽				
ノ 冂 冃 自 身 身				ノ 乃 及				
身				及				
ム 今 今 台 台 台 能 能 能				ノ ハ グ 父				
能				父				
゛ ゛ 半 羊 美 盖 善 善				し 口 口 口 母				
善				母				

남의 말을 귀 기울여 듣지 않고 흘려버린다는 뜻의 한자어는?

1	2	3	4	3	4	1	2
身	體	髮	膚	受	之	父	母
몸 신	몸 체	터럭 발	살갖 부	받을 수	어조사 지	아버지 부	어머니 모

이 몸의 터럭과 살갖은 | 부모님께 물려 받은 것이니

❝ 이 몸의 터럭과 피부(皮膚)는 부모님께서 낳고 길러주신 것이니 내 몸을 모두 나의 것으로 생각하지 마라. 부모님께서는 그대의 몸을 당신의 몸과 같이 아끼고 길러 주셨도다. **❞**

순서에 맞춰 예쁘게 따라 써 보세요

′ ⺊ 竹 竹 身 身 身	′ ⺊ ⺊ ⻗ ⻗ ⻗ 受 受
身	受
⺆ ⺆ ⺆ 骨 骨 骨 骨 體 體 體	′ ⺀ 之
體	之
厂 斤 斤 長 髟 髟 髣 髣 髮 髮	′ ハ グ 父
髮	父
⺂ ⺊ 广 广 庐 虍 盧 膚 膚 膚	乚 乜 毋 毋 母
膚	母

마이동풍(馬耳東風)

4	1	2	3	1	2	3	4
不	敢	毁	傷	孝	之	始	也
아니 불	감히 감	헐 훼	상할 상	효도 효	어조사 지	비로소 시	어조사 야

감히 훼손하거나 상하지 않음이 / 효도의 시작이요

" 몸을 온전히 보존(保存)하여서 부모(父母)님께서 물려 주신 은혜(恩惠)에 보답(報答)하자. 이 몸을 보존하지 못하여 헐거나 상하게 하면 큰 불효(不孝)이니 몸을 헐거나 상하게 하여 부모님 마음을 아프게 하지 말자. "

순서에 맞춰 예쁘게 따라 써 보세요

一 丆 丆 不	一 十 土 耂 耂 考 孝
不	孝
一 一 工 于 于 玒 亘 耴 耴 敢	` ﹀ 之
敢	之
' 冂 凸 白 白 皀 皀 毁 毁 毁	〈 丿 女 女 女 妁 始 始
毁	始
' 亻 亻 亻 亻 自 自 身	一 廿 也
傷	也

2	1	4	3	4	1	2	3
立	身	行	道	揚	名	後	世
설 립	몸 신	행할 행	길 도	날릴 양	이름 명	뒤 후	인간 세

몸을 닦아 세워 도를 행하여 · 훌륭한 명예를 후세에 드날려

❝ 몸을 닦고 뜻을 세워 자신의 장래희망(將來希望)을 이룩하여
모든 세상 사람들로 하여금 도움이 되는 훌륭한 일을 하여
후세(後世)에까지 업적(業績)이
드날리면 본인 스스로에게도
보람되고 행복한
삶이리라. 어찌 이렇게
아름다운 도를 따라
행하지 않으리오. **❞**

순서에 맞춰 예쁘게 따라 써 보세요

` 一 ニ 疒 立 立	一 十 扌 扩 扩 护 护 护 挦 揚
立	揚
` 亻 亻 𠂉 自 自 身 身	` 夕 夕 夕 名 名
身	名
` 彳 彳 彳 行 行	` 彳 彳 𠂉 𠂉 𠂉 𠂉 後 後
行	後
` 丷 䒑 䒑 䒑 首 首 首 道 道	一 十 廿 卅 世
道	世

목불식정(目不識丁)

4	3	1	2	1	2	3	4
以	顯	父	母	孝	之	終	也
써 이	나타날 현	아버지 부	어머니 모	효도 효	어조사 지	마칠 종	어조사 야

부모님의 이름을 드날리는 것이	효도의 끝이니라

66 이 몸을 상하지 않고 잘 보존(保存)해서 뜻을 세우고 세상에 참여(參與)하여 훌륭한 일을 함이 있고, 보람되고 행복하게 살아가면 자연히 부모님의 명예(名譽)도 드러나니 그보다도 더 큰 효도(孝道)가 있겠는가. 이것이 부모님께서 바라시는 심지(心志)를 받드는 효도이다. 99

순서에 맞춰 예쁘게 따라 써 보세요

` レ 以 以				一 十 土 耂 耂 孝 孝			
以				孝			
口 日 旦 昂 昂 㬎 㬎 顯 顯 顯				` ㇐ 之			
顯				之			
㇒ ㇐ ㇇ 父				㇜ ㇜ ㇜ ㇜ ㇜ ㇜ 糸 終 終			
父				終			
㇐ ㇆ 口 母 母				㇡ ㇆ 也			
母				也			

● 쓸모가 없는 물건이나 사람을 뜻하는 한자어는?

1	4	2	3	1	4	2	3
先	養	心	志	後	養	口	體
먼저 선	기를 양	마음 심	뜻 지	뒤 후	기를 양	입 구	몸 체

먼저 심지를 보살펴 드리고　　뒤에 구체를 봉양해 드리자

“ 먼저 부모님께서 자식에게 바라는 바를 따라 행하여 자식이 건강하고 착하게 살며 큰일을 할 수 있기를 바라시면 최선을 다해 성실히 임해 나가야 된다.
그것이 부모님의 심지를 받들어 드리는 효도이며 잡수시고 몸을 돌보아 드리는 것이 그 다음이 되는 것이다. ”

순서에 맞춰 예쁘게 따라 써 보세요

丿 一 屮 生 牛 先				丿 ㇗ 彳 彳 彳 彳 彳 後 後			
先				後			
丷 ㅒ 半 羊 美 莠 莠 養 養				丷 ㅒ 半 羊 美 莠 莠 養 養			
養				養			
丶 心 心 心				丨 冂 口			
心				口			
一 十 士 尹 志 志 志				冂 冎 冎 咼 骨 骨 骨 體 體 體			
志				體			

무용지물(無用之物)

1	2	3	4	1	4	2	3
父	母	深	愛	必	有	和	氣
아버지 부	어머니 모	깊을 심	사랑 애	반드시 필	있을 유	화할 화	기운 기

부모님을 깊이 사랑하는 자는 / 반드시 온화한 기운이 있고

❝ 부모님 은혜에 감사하고 부모님을 사랑하는 자는 반드시 온화(穩和)한 기운으로 부모님을 대하여 부모님께서 늘 편안해 하신다. 아무리 좋은 음식과 옷을 봉양(奉養)하면서 온화한 기운이 없이 화를 낸다면 불효이다. 그리니 온화한 기운으로 부모님을 모시자. ❞

순서에 맞춰 예쁘게 따라 써 보세요

ノ 八 グ 父				、 ソ 必 必 必			
父				必			

乚 夕 母 母 母				ノ ナ 广 冇 有 有			
母				有			

丶 丶 氵 氵 沪 沪 泙 泙 深				ノ 二 千 禾 禾 和 和			
深				和			

ノ ン ㄥ ㅄ 戶 戸 忢 悉 悉 参 参 愛				ノ 乞 气 气 气 氙 氞 氣			
愛				氣			

⬢ 글 쓰는 사람에게 중요한 종이, 붓, 먹, 벼루를 뜻하는 한자어는?

3	1	2	4	1	4	2	3
有	和	氣	者	必	有	愉	色
있을 유	화할 화	기운 기	사람 자	반드시 필	있을 유	기뻐할 유	빛 색

온화한 기운이 있는 자는	반드시 기뻐하는 안색이 있고

> 온화(穩和)한 기운이 있는 자는 부모님을 온화한 기운으로
> 모시니 어버이께서 편안(便安)하고 행복(幸福)해 하시는 모습을
> 보면 반드시 스스로 기쁜
> 기색(氣色)이 있는
> 것이다. 부모님께
> 효도를 하면 자신도
> 행복한 일이다.

순서에 맞춰 예쁘게 따라 써 보세요

ノ ナ ナ オ 有 有 有				丶 丷 必 必 必			
有				必			

一 二 千 禾 禾 禾 和 和				ノ ナ ナ オ 有 有 有			
和				有			

ノ ノ ノ 气 气 气 氖 氣 氣 氣				丶 忄 忄 忄 忄 忄 愉 愉 愉 愉			
氣				愉			

一 十 土 耂 耂 耂 者 者 者				ノ ク 々 免 免 色			
者				色			

3	1	2	4	1	4	2	3
有	愉	色	者	必	有	婉	容
있을 유	기뻐할 유	빛 색	사람 자	반드시 필	있을 유	순할 완	모양 용

기쁜 기색이 있는 자는 / 반드시 온순한 용모가 있느니라

" 마음에 기쁨이 드러나 얼굴에 나타난다. 기쁨이 있는 자는 모든 일에 여유(餘裕)가 있어 반드시 온순(溫純)한 용모(容貌)가 있는 것이다. 완용(婉容)은 부드러운 모습이며 점잖은 태도(態度)이며 효도를 하는 자의 모습이다. "

순서에 맞춰 예쁘게 따라 써 보세요

ノ ナ ナ 右 有 有 有	、 丷 必 必 必
有	必
忄 忄 忄 忄 忄 忄 忄 愉 愉 愉	ノ ナ ナ 右 有 有 有
愉	有
ノ ク ク 夕 色 色	く 女 女 女 妒 妒 妒 妒 婉 婉
色	婉
一 十 土 耂 耂 者 者 者 者	宀 宀 宀 宀 宕 容 容 容 容
者	容

➡ 손뼉을 치며 크게 웃는 모양을 뜻하는 한자어는?

4	3	2	1	4	3	2	1
聽	於	無	聲	視	於	無	形
들을 청	어조사 어	없을 무	소리 성	볼 시	어조사 어	없을 무	형상 형

소리가 없어도 듣는 듯이 하며	형체가 없는 데에서도 보는 듯이 한다

> 소리가 없어도 들리는 것 같이 한다는 것은 부모 뜻에 앞서서 뜻을 받들어 드리는 것이니 항상 마음속에 상상하여 마치 부모님의 목소리를 듣는 듯이 하며 부모님 모습을 뵈온 듯이 하여 부모님께서 장차 자기에게 명하여 가르치시거나 시킴이 있는 듯이 여긴다.

순서에 맞춰 예쁘게 따라 써 보세요

丆 王 耳 耵 耴 町 聃 聃 聴 聽						
聽						

丶 亠 方 方 於 於 於						
於						

丿 仁 仁 仨 缶 無 無 無 無						
無						

士 吉 壴 壴 声 殸 殸 殸 聲 聲						
聲						

視						

丶 亠 方 方 於 於 於						
於						

丿 仁 仁 仨 缶 無 無 無 無						
無						

一 二 于 开 开 形 形						
形						

박장대소(拍掌大笑)

2	1	4	3	3	2	1	4
事	親	如	此	可	謂	孝	矣
섬길 사	어버이 친	같을 여	이 차	옳을 가	이를 위	효도 효	어조사 의

어버이 섬기기를 이와 같이 하여야	가히 효도라 이를 수 있느니라

66 사람의 자식이 된 자는 어버이 섬기기를 이와 같이 하여야 하니
자식이 부모가 자식 사랑하는 마음으로써 자기 마음을 삼는다면
효도라 할 수 있으니 힘이
들고 어렵더라도 참고
행하면 부모와 자식이
다 함께 기쁜 기색(氣色)이
떠나질 않는다. **99**

순서에 맞춰 예쁘게 따라 써 보세요

一 一 一 一 一 写 写 事			一 一 一 一 可		
事			可		
亠 亠 立 辛 亲 亲 郑 郑 親			亠 訁 訁 言 言 訂 訝 訝 謂 謂		
親			謂		
乙 女 女 如 如 如			一 十 土 步 孝 孝 孝		
如			孝		
一 十 卜 此 此 此			乙 厶 厶 厶 乒 矣 矣		
此			矣		

⟡ 사방에 적이 많아 도움을 받을 수 없는 상황을 뜻하는 한자어는?

	1	2	3	4		1	2	3	4
	兄	弟	姉	妹		友	愛	而	已
	맏 형	아우 제	누이 자	누이 매		벗 우	사랑 애	말이을 이	따름 이

형제자매는   우애할 따름이니라

형제자매(兄弟姉妹)는 똑같이 한 부모의 기운을 타고 난 자식으로 서로가 감싸주고 아껴서 형은 아우를 사랑으로 대하고 아우는 형을 공경(恭敬)하자.
따라서 서로가 원망(怨望)하거나 미워하는 일이 없도록 하자. 사랑은 아껴주는 것이다.

순서에 맞춰 예쁘게 따라 써 보세요

ノ 口 口 尸 兄			一 ナ 方 友		
兄			友		
丶 丷 屮 屮 当 弟 弟			丶 丷 ┌ ┌ 严 悉 悉 愛 愛 愛		
弟			愛		
㇄ ㇄ 女 女 妒 妒 妒 姉			一 ㇟ ㇠ 丙 而 而		
姉			而		
㇄ ㇄ 女 妒 妒 妹 妹 妹			㇆ ㄱ 已		
妹			已		

사면초가(四面楚歌)

1				1			
骨	肉	雖	分	本	生	一	氣
뼈 골	살 육	비록 수	나눌 분	근본 본	날 생	한 일	기운 기

뼈와 살은 비록 나누어졌으나 | 본래 한 기운에서 태어났고

" 뼈와 살은 각각 따로 있으나 한 부모(父母)님의 기운을 타고
형은 먼저 태어나고 아우는 뒤에 태어났도다.
그래서 형제자매(兄弟姉妹)를 동기간(同氣間)이라 부른다. **"**

순서에 맞춰 예쁘게 따라 써 보세요

骨 丨 冂 冂 冎 冎 骨 骨 骨	本 一 十 才 木 本
骨	本
肉 丨 冂 内 内 肉 肉	生 丿 ㇒ 一 牛 生
肉	生
雖 口 吕 吊 虽 虽 割 虽' 虽' 雖 雖	一 一
雖	一
分 丿 八 分 分	氣 丿 ㇒ 一 气 气 气 氕 氣 氣 氣
分	氣

➡ 모든 일은 결국 바른 이치대로 돌아온다는 뜻의 한자어는?

1	2	3	4	1	4	2	3
形	體	雖	各	素	受	一	血
형상 형	몸 체	비록 수	각각 각	본디 소	받을 수	한 일	피 혈

형체는 비록 각각이나 · 본디 똑같은 피를 받았으니

" 남자와 여자의 형체(形體)는 비록 다르나 본디 한 부모(父母)님의 피를 이어 받았으니 피를 나눈 형제자매(兄弟姉妹)는 이 세상에 누구보다도 가까운 사이다. "

순서에 맞춰 예쁘게 따라 써 보세요

一 二 于 开 开' 形 形						
形						
冂 冃 冎 冎 骨 骨 骭 骭 體 體 體						
體						
口 吕 吊 昷 昷 虽 雖 雖 雖 雖						
雖						
ノ ク タ タ [illegible]settings 名 名						
各						

一 二 ≠ 主 丰 责 责 责 素 素						
素						
一 ⺈ ⺈ ⺥ ⺥ 严 受 受						
受						
一						
一						
' ｀ 亇 白 血 血						
血						

사필귀정(事必歸正)

<table>
<tr><td>3</td><td>4</td><td>2</td><td>1</td><td>2</td><td>1</td><td>4</td><td>3</td></tr>
<tr><td>比</td><td>之</td><td>於</td><td>木</td><td>同</td><td>根</td><td>異</td><td>枝</td></tr>
<tr><td>견줄 비</td><td>어조사 지</td><td>어조사 어</td><td>나무 목</td><td>같을 동</td><td>뿌리 근</td><td>다를 이</td><td>가지 지</td></tr>
</table>

이것을 나무에다 비유해보면	뿌리는 같지만 가지가 다르고

“ 이러한 사실을 나무에다 비유(比喩)를 해 보면 나무의 뿌리는 본래 하나인데 가지가 여러 개 생겨난 것처럼 한 부모님 밑에서 여러 형제자매(兄弟姉妹)가 태어난 것과 같은 것이다. ”

순서에 맞춰 예쁘게 따라 써 보세요

一 ヒ ヒ 比			丨 冂 冂 同 同 同		
比			同		
、 ン 之			一 十 才 木 村 村 村 柜 根 根		
之			根		
、 亠 方 方 方 於 於			丨 冂 日 甲 田 巴 甲 男 畀 畏 異		
於			異		
一 十 才 木			一 十 才 木 村 村 枋 枝		
木			枝		

◆ 어려운 일이 있을 때 서로 돕고 함께 기뻐한다는 뜻의 한자어는?

3	4	2	1	2	1	4	3
比	之	於	水	同	源	異	流
견줄 비	어조사 지	어조사 어	물 수	같을 동	근원 원	다를 이	흐를 류

물에다가 비유하면   근원은 같고 흐름만 다르니라

“ 물에다가도 비유(比喩)를 해 보면 샘물이 솟아나 근원(根源)은 하나이나 흐름은 여러 갈래로 뻗어 나가 내(川)를 이루고 강(江)을 이루어 흐르는 모습과 같다. ”

순서에 맞춰 예쁘게 따라 써 보세요

一 ㅏ ㅑ 比 比				ㅣ 冂 冂 同 同 同			
比				同			
、 ㄱ 之				氵 氵 氵 沪 沪 沪 湉 源 源 源			
之				源			
、 二 方 方 扩 於 於				ㅣ 口 日 田 田 甲 畀 畀 異			
於				異			
				、 氵 氵 沪 泸 泸 泸 流 流			
水				流			

상부상조(相扶相助)

	1	2	3	4	4	1	2	3
	兄	友	弟	恭	不	敢	怨	怒
	맏 형	우애 우	아우 제	공손할 공	아니 불	감히 감	원망할 원	성낼 노

형은 우애하고 아우는 공손하며 | 감히 원망하거나 성내지 말며

우(友)는 형제(兄弟)간의 공경(恭敬)하고 사랑하는 애정(愛情)을 말한다. 형은 아우를 애정을 가지고 보살피고, 아우는 형을 공경하며 돕고 따르면 감히 성내거나 원망(怨望)하는 일이 없어 화목(和睦)하게 지낼 수 있으니 부모(父母)님께서도 기뻐하시리라.

순서에 맞춰 예쁘게 따라 써 보세요

兄				不			
友				敢			
弟				怨			
恭				怒			

앞으로 일어날 일을 미리 알아서 지혜롭게 대처한다는 뜻의 한자어는?

1	4	2	3	1	2	3	4
兄	有	過	失	和	氣	以	諫
맏 형	있을 유	허물 과	잃을 실	화할 화	기운 기	써 이	간할 간

형에게 과실이 있으면 / 온화한 기운으로써 간하고

> **형**(兄)이 어쩌다 잘못을 하였더라도 온화(溫和)한 얼굴로 나의 진심(眞心)을 말해야지 화를 내거나 말을 함부로 하면 형제간의 우애(友愛)가 끊어져서 화목(和睦)하지 못하면 큰 불효(不孝)이다. **

순서에 맞춰 예쁘게 따라 써 보세요

ㅣ �口 ㅁ ㄹ 兄				ㅡ ㅡ 千 禾 禾 禾 和 和			
兄				和			
ノ ナ オ 有 有 有				ノ ㅌ ㅌ 气 气 气 气 氣 氣 氣			
有				氣			
ㅣ 口 口 口 冎 咼 咼 咼 過 過				` ㄴ レ 以 以			
過				以			
ノ ㅅ ㅌ 失 失				ㅡ ㅡ 言 言 言 訂 訃 諫 諫 諫			
失				諫			

선견지명(先見之明)

1	4	2	3	1	2	3	4
弟	有	過	誤	柔	聲	以	訓
아우 제	있을 유	과실 과	그르칠 오	부드러울 유	소리 성	써 이	가르칠 훈

아우에게 과오가 있으면	부드러운 목소리로써 훈계하며

" 아우가 혹시라도 잘못함이 있다면 형(兄)은 부드럽고
다정(多情)한 목소리로 잘못된 점을 이해시켜 주어 잘못을
깨닫고 반성(反省)하여 스스로의
잘못을 고쳐 나갈
수 있도록
사랑으로 감싸
주어야 한다. "

순서에 맞춰 예쁘게 따라 써 보세요

` ´ ⺲ ⺳ 弔 弟 弟	柔
弟	柔
ノ ナ オ 冇 有 有	⼠ ⺧ ⺧ 吉 声 殸 殸 殸 聲 聲
有	聲
ㅣ 冂 冂 冎 咼 咼 咼 渦 過	` ㄴ 以 以
過	以
	訓
誤	訓

둘이 싸우는 사이에 엉뚱한 사람이 이익을 얻는다는 뜻의 한자어는?

1	2	4	3	1	2	4	3
兄	弟	有	疾	憫	而	思	求
맏 형	아우 제	있을 유	병 질	민망할 민	말이을 이	생각 사	구할 구

형제에게 질병이 있거든 / 민망히 여기고 구원할 것을 생각하자

“ 만일 형제(兄弟) 중에 병(病)이 나면 반드시 서로 도와 병이 나을 수 있도록 구원(救援)해 주어야지 모른 척 하거나 도와 주지 않으면 형제의 도리(道理)가 아니다. ”

순서에 맞춰 예쁘게 따라 써 보세요

ノ 口 口 尸 兄				` 忄 忄 忄 忄 忄 忄 忄 憫 憫			
兄				憫			
` ` ` 当 弟 弟				一 一 厂 丙 而 而			
弟				而			
ノ ナ 才 才 有 有				` 口 日 田 田 思 思 思			
有				思			
` ` 广 广 广 疒 疒 疒 疾 疾				一 十 十 才 求 求 求			
疾				求			

어부지리(漁父之利)

1	4	2	3	1	2	3	4
我	有	憂	患	兄	弟	亦	憂
나	있을 유	근심할 우	근심 환	맏 형	아우 제	또 역	근심할 우

나에게 우환이 있으면 | 형제 또한 근심하고

" 나에게 힘들고 어려운 일이 있으면 형제들 또한 근심하고 마음 아파하니 그러한 일이 없도록 모든 일에 삼가고 조심(操心)하며 근심과 걱정할 일이 없도록 노력(努力)하자. "

순서에 맞춰 예쁘게 따라 써 보세요

`ノ 二 チ 手 扎 我 我`				`ノ ロ ロ ロ 尸 兄`			
我				兄			

`ノ ナ 才 冇 有 有`				`ゝ ゛ ゛ 兯 兯 弟 弟`			
有				弟			

`一 厂 丙 百 丆 亘 憂 憂 夢 憂`				`ゝ 一 广 方 亣 亦`			
憂				亦			

`ゝ ロ ロ ロ 尸 吕 吕 串 串 患 患`				`一 厂 丙 百 丆 亘 憂 憂 夢 憂`			
患				憂			

말과 행동이 같아야 한다는 뜻의 한자어는?

1	4	2	3	1	2	3	4
我	有	歡	樂	姉	妹	亦	樂
나 아	있을 유	기쁠 환	즐거울 락	누이 자	아래누이 매	또 역	즐거울 락

나에게 기쁨과 즐거움이 있으면 · 자매 또한 즐거워 하느니라

" 나에게 기쁘고 즐거운 일이 있으면 자매형제도 또한 기뻐하고
즐거워한다. 즐겁고 기쁜 일이란 나날이 성실(誠實)하게
생활하여 하는 일에 발전(發展)이 있을 때
기쁘고 즐거우녀 그 두 가지는
근심과 수고로움 속에서
나오는 것이니 열심(熱心)히
노력하자. "

순서에 맞춰 예쁘게 따라 써 보세요

´ 一 三 千 手 我 我 我	﹤ 乄 女 女 女 妁 妁 姉
我	姉
ノ ナ 才 冇 有 有	﹤ 乄 女 女 女 妌 妹 妹
有	妹
苷 苷 苗 莔 莗 萗 蓶 歡 歡	丶 一 广 方 亦 亦
歡	亦
´ 幺 幺 幻 幼 紬 細 絆 樂 樂	´ 幺 幺 幻 幼 紬 細 絆 樂 樂
樂	樂

언행일치(言行一致)

1	4	2	3	1	4	2	3
雖	有	他	親	豈	若	兄	弟
비록 수	있을 유	다를 타	친할 친	어찌 기	같을 약	맏 형	아우 제

비록 다른 친한 이가 있으나 / 어찌 형제와 같으리오

66 비록 다른 친척(親戚)이나 친한 이가 있다 해도 함께 근심(謹審)하고 즐거워해 줄 사람은 형제자매보다 더한 사람은 없다. 그것은 누가 시키지 않아도 피와 기운을 함께 나눈 바로 천성(天性)이 그러한 것이니 천성을 어기는 일이 없도록 하자. 99

순서에 맞춰 예쁘게 따라 써 보세요

口 吕 咒 吊 吊 剧 卧 閉 雖 雖		' 山 山 屵 屵 岸 岸 岸 豈	
雖		豈	
ノ ナ ナ オ 有 有		一 十 艹 艹 茥 茅 芊 若 若	
有		若	
ノ イ 化 他 他		' 口 口 尸 兄	
他		兄	
一 亠 立 辛 亲 亲 新 親 親 親		' ' 丷 눅 岸 弟 弟	
親		弟	

◯ '나무에서 물고기를 잡는다' 는 뜻으로 불가능한 일을 하려 할 때 쓰는 한자어는?

	1	2	3	4		1	2	3	4
	兄	弟	和	睦		父	母	亦	樂
	맏 형	아우 제	화할 화	화목할 목		아버지 부	어머니 모	또 역	즐거울 락

형제간에 화목하면   부모님 또한 즐거워하시니

“ 형제자매의 화목함이 있다면 부모님께서는 그보다 큰 즐거움은 없으리라 만일 형제간에 화목(和睦)하지 못하면 부모님께서는 다 같은 자식인데 슬픔이 아닐 수 없다. 우리 모두는 부모님을 슬프게 하고 자신 또한 외롭게 하지 말자. ”

순서에 맞춰 예쁘게 따라 써 보세요

ヽ 口 口 尸 兄			ノ ハ グ 父		
兄			父		
ヽ ゛゛ ゛゛ 当 弟 弟			乚 母 母 母 母		
弟			母		
ノ 二 千 禾 禾 禾 和 和			ヽ 一 亠 亣 亦 亦		
和			亦		
一 口 月 日 旷 昨 胪 睦 睦 睦			′ 幺 幺 幻 幼 絈 絈 緕 樂 樂		
睦			樂		

연목구어(緣木求魚)

1	4	3	2	1	2	3	4
何	以	不	和	父	母	憂	傷
어찌 하	써 이	아니 불	화할 화	아버지 부	어머니 모	근심 우	상할 상

어찌 화목하지 못하여써	부모님을 근심하고 마음 아프게 하리오

" 형제간에 어찌 화목(和睦)하지 못하여서 부모님 마음을 아프게 하고 근심하시게 하리오. 손가락을 깨물면 아프지 않은 손가락이 없거늘 형제간에 다투고 미워하여 상처(傷處)를 받으면 부모님께서는 언제나 마음 아파하실 것이다. "

순서에 맞춰 예쁘게 따라 써 보세요

ノ イ 彳 伫 伫 何 何 何	ノ 八 グ 父
何	父
丶 リ 以 以	乚 夕 口 母 母
以	母
一 丁 オ 不	一 厂 币 百 百 直 憂 憂 夢 憂
不	憂
一 二 千 禾 禾 和 和	ノ イ 亻 仁 伫 仟 佲 傴 傴 傷
和	傷

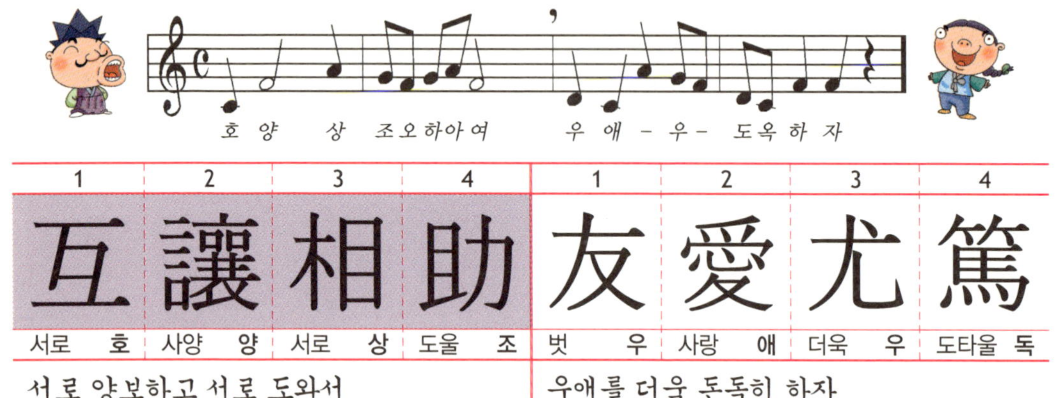

	1	2	3	4	1	2	3	4
	互	讓	相	助	友	愛	尤	篤
	서로 호	사양 양	서로 상	도울 조	벗 우	사랑 애	더욱 우	도타울 독

서로 양보하고 서로 도와서 / 우애를 더욱 돈독히 하자

" 서로 양보하고 서로 도와서
사랑하는 마음을 더욱
돈독(敦篤)하게 하여 힘을
합쳐서 집안에 모든 일을
처리(處理)하고 서로가
모르는 것이 있으면 가르쳐
주고 이끌어 주어 마음과
힘이 하나가 되면 무슨
일인들 못 이루겠는가. "

순서에 맞춰 예쁘게 따라 써 보세요

一丅互互				一ナ方友			
互				友			

亠訁言訓訓謓謓謹譲讓				丷⺤ 𭧶 𮠤 𭧷 𭰙 愛 𭰘 愛			
讓				愛			

一十才才朼相相相相				一ナ九尤			
相				尤			

丨冂冃冃且助助				[illegible]product 篤篤篤			
助				篤			

오리무중(五里霧中)

1	2	3	4	1	2	3	4
一	斗	之	粟	尙	可	分	舂
한 일	말 두	어조사 지	곡식 곡	오히려 상	옳을 가	나눌 분	찧을 용

한 말의 곡식이라도   오히려 가히 나누어 찧어먹고

66 작은 양의 곡식(穀食)이라도 형제간이 굶주린다면 반드시 나누어 주어 찧어 먹게 하여야 한다. 형제가 굶주리는데 나만 배불리 먹거나 곡식이 적다고 혼자 먹는 것은 옳지 않은 일이다. **99**

순서에 맞춰 예쁘게 따라 써 보세요

一				` ` ` ⺌ ⺌ 𡬈 尙 尙 尚			
一				尙			
` ㇀ ⼆ 斗				㇀ 亅 冂 口 可			
斗				可			
` ⼇ 之				ノ 八 今 分			
之				分			
⼀ ⼂ ⼕ ⼖ ⻄ ⻄ ⻄ 粟 粟 粟				⼀ ⼆ 三 ⺆ 夫 㐲 表 舂 舂 舂			
粟				舂			

➡ ' 소 귀에 경 읽기' 라는 뜻으로 아무리 말해도 알아듣지 못할 때 쓰는 한자어는?   _67

1	2	3	4	1	2	3	4
一	尺	之	布	尚	可	分	縫
한 **일**	자 **척**	어조사 **지**	베 **포**	오히려 **상**	옳을 **가**	나눌 **분**	꿰맬 **봉**
한 자의 베라도				오히려 가히 나누어 꿰매 입자			

“ 지금은 옷감이 흔하지만 옛날에는 옷감이 귀(貴)했다. 그러니 작은 베라도 나누어서 꿰매 입고 단정(端整)하게 살아야지 형제간에 베가 없어서 살을 드러내놓고 다니게 해서는 아니된다. ”

순서에 맞춰 예쁘게 따라 써 보세요

一	丨 丬 丬 丬 尚 尚 尚 尚
一	尚
ㄱ ㅋ 尸 尺	一 丅 了 可 可
尺	可
丶 ㇇ 之	丿 八 分 分
之	分
丿 ナ 才 冇 布	𠃋 幺 糸 糹 紁 終 絳 絳 縫 縫
布	縫

1	4	2	3	1	2	3	4
兄	無	衣	服	弟	必	獻	之
맏 형	없을 무	옷 의	옷 복	아우 제	반드시 필	드릴 헌	어조사 지

형이 의복이 없으면	아우는 반드시 드리고

" 형이 의복(衣服)이 없으면 아우는 반드시 드려야 한다. 그것을 피와 살을 나눈 형제(兄弟)가 옷이 없어 추위에 떤다면 나의 피부(皮膚)도 추울 것이다. "

순서에 맞춰 예쁘게 따라 써 보세요

ㅣ ㅁ ㅁ ㄸ 兄			ㆍ ㆍㆍ ㄷㄷ ㄷㄷ ㄹ 弟 弟		
兄			弟		
ㆍ ㆍ ㄴ ㄴ ㄴ 無 無 無 無			ㆍ ㆍ 必 必 必		
無			必		
ㆍ ㆍ ㄷ ㄷ 衣 衣			ㆍ ㄴ ㄷ ㄷ ㄷ 虍 虍 虜 獻 獻		
衣			獻		
ㅣ ㅣ 月 月 月 肝 服 服			ㆍ ㄱ 之		
服			之		

➡ 미리 준비가 되어 있으면 걱정이 없다는 뜻의 한자어는?

1	4	2	3	1	2	3	4
弟	無	飮	食	兄	必	與	之
아우 제	없을 무	마실 음	먹을 식	맏 형	반드시 필	줄 여	어조사 지

아우가 음식이 없으면   형은 반드시 줄지니라

> " 아우가 먹을거리가 없으면 형은 반드시 나누어 주어 굶주림을 면하게 하여야 한다. 아우는 배가 고픈데 혼자서 배부르게 먹고 구출(救出)해 주지 않으면 짐승이나 다를 바 없느니라. "

순서에 맞춰 예쁘게 따라 써 보세요

` ` `` `` `` 弟 弟			` 口 口 尸 兄		
弟			兄		
` ` ` `` `` 無 無 無			` ` 必 必 必		
無			必		
` ` ` ` ` 食 食 飮 飮			` ` ` ` ` 與 與		
飮			與		
` 人 人 今 今 食 食 食			` ` 之		
食			之		

유비무환(有備無患)

1	2	3	4	1	2	3	4
兄	弟	之	道	友	愛	而	已
맏 형	아우 제	어조사 지	도리 도	벗 우	사랑 애	말이을 이	따름 이

형제의 도리는 / 우애일 따름이니

“ 형제간은 같은 부모에게 태어나 기운이 같은 사람이다. 골육(骨肉)이 지극히 가까움이니 더욱 마땅히 우애(友愛)할 것이요. 노여움을 마음속에 감추고 원망(怨望)을 간직해두어 하늘에서 물려받은 떳떳한 도리(道理)를 무너뜨려서는 안 되니 서로 돕고 아낄 따름이다. ”

순서에 맞춰 예쁘게 따라 써 보세요

⠀丶 口 口 尸 兄			⠀一 ナ 方 友		
兄			友		
⠀丶 丷 丷 凸 弟 弟			⠀丶 丷 丷 吖 吖 戸 惡 惡 愛 愛 愛		
弟			愛		
⠀丶 ㇗ 之			⠀一 丆 丆 丙 而 而		
之			而		
⠀丶 丷 ⺍ ⺌ 쑤 产 首 首 首 道 道			⠀㇕ ㇈ 己		
道			已		

➤ '마음끼리 통한다'는 뜻으로 말하지 않아도 마음이 통한다는 한자어는?

1	2	4	3	1	2	3	4
率	先	垂	範	兄	弟	亦	效
거느릴 솔	먼저 선	드리울 수	법 범	맏 형	아우 제	또 역	본받을 효

솔선하여 모범을 보이면	형제 또한 본받으니

" 형을 공경하기를 엄(嚴)한 아버지와 같이 하고 아우를
보호(保護)하기를 어린아이 같이 하여 형님 먼저 아우 먼저
솔선수범하면 모든 형제자매가
본받아 행하리니 형제간의
도리는 서로 먼저
양보(讓步)하고
사랑하려는 마음을
일으켜야 한다. "

순서에 맞춰 예쁘게 따라 써 보세요

率	兄
先	弟
垂	亦
範	效

이심전심(以心傳心)

2	1	3	4	2	1	3	4
見	善	從	之	知	過	必	改
볼 견	착할 선	좇을 종	어조사 지	알 지	허물 과	반드시 필	고칠 개

선을 보면 따르고   허물을 알았으면 반드시 고치자

“ 착한 일을 보고 배웠으면 그것을 따라 행하고 나의 잘못을 알았으면 반드시 고쳐서 본래 나의 착한 모습으로 돌아가야 한다. 허물 고치기를 꺼려서 미루다 보면 나쁜 습관(習慣)이 되어서 평생(平生)을 고치기 어려워진다. ”

순서에 맞춰 예쁘게 따라 써 보세요

一 冂 冂 月 目 貝 見				ノ ㇏ 上 午 矢 矢 知 知			
見				知			

丶 丷 ヽ 䒑 羊 羊 荖 善 善				冂 冂 冋 冎 丹 咼 咼 過 過			
善				過			

彳 彳 彳 彳 彴 彶 彶 從 從				丶 ソ 必 必 必			
從				必			

丶 亠 之				フ ㄱ 己 己 改 改 改			
之				改			

◆ 한 가지 일을 가지고 말을 이랬다저랬다 하며 바꿀 때 쓰는 한자어는?

4	1	3	2	1	2	4	3
不	能	如	此	禽	獸	無	異
아니 불	능할 능	같을 여	이 차	새 금	짐승 수	없을 무	다를 이

능히 이와 같지 않으면   금수 무리와 다름이 없느니라

" 형제간에 우애를 아니 하고 솔선수범(率先垂範)하지 않아서 서로 본받을 만한 바가 없고 선을 보고도 따르지 아니하여 자기 잘못을 고치지 못한다면 날짐승과 길짐승의 무리와 다름이 없다. 사람의 자식 된 자가 어찌 금수(禽獸)와 같으리오. "

순서에 맞춰 예쁘게 따라 써 보세요

一 丁 不 不				人 人 人 今 含 含 含 含 禽 禽 禽			
不				禽			
𠃊 厶 今 台 育 育 育 能 能 能				吅 吅 吅 吲 吲 畐 嚚 嚚 獸 獸			
能				獸			
𡿨 夕 女 如 如 如				丿 广 烂 炸 牊 鈿 無 無 無			
如				無			
一 十 汁 止 此 此				丶 口 曰 日 田 田 畀 畀 畟 異			
此				異			

일구이언(一口二言)

4	3	1	2	1	2	3	4
非	有	先	祖	我	身	曷	生
아닐 비	있을 유	먼저 선	조상 조	나 아	몸 신	어찌 갈	날 생

선조께서 계시지 않으면	내 몸이 어찌 생겨 났으리오

" 대대로 이어 온 조상(祖上)님께서 계시지 않았다면 오늘에 이 몸이 어찌 생겨 났겠는가. 우리 모두는 조상님의 은덕(恩德)을 잊지 말고 은혜(恩惠)에 보답(報答)하자. "

순서에 맞춰 예쁘게 따라 써 보세요

ノ ナ ヺ ヺ ヺ 非 非 非				´ 二 千 手 我 我 我			
非				我			

ノ ナ 十 オ 冇 有 有				´ ´ ⺈ 片 自 身			
有				身			

´ ⺅ 屮 生 先 先				丶 冂 曰 曰 尸 号 昌 昌 曷			
先				曷			

丶 �ラ ラ ネ 剂 初 袒 祖 祖				ノ ⺅ 屮 牛 生			
祖				生			

처음에 먹은 마음을 바꾸지 않고 한결같다는 뜻의 한자어는?

2	1	4	3	1	2	3	4
追	遠	報	本	祭	祀	必	誠
좇을 추	멀 원	갚을 보	근본 본	제사 제	제사 사	반드시 필	정성 성

먼 조상을 추모하고 근본에 보답하여　　제사는 반드시 정성스럽게 지내자

" 먼 조상님께서는 나의 근본(根本)이 되시니 그 근본에
　　보답(報答)하여 추모(追慕)하는 제사(祭祀)를 반드시 정성스러운
몸과 마음으로
음식을
준비(準備)하고
공경(恭敬)을
일으켜 정성을
다하도록 하자. "

순서에 맞춰 예쁘게 따라 써 보세요

´ ｆ ｒ ｐ 皀 皀 ´皀 追 追				´ ク ㄅ ㄅ ㄅ′ 夗 夗 祭 祭 祭			
追				祭			

ナ 土 圡 吉 吉 克 声 袁 遠 遠				` ラ ネ ネ 礻 礻 祀			
遠				祀			

一 十 土 뉴 됴 幸 킃 郣 報 報				` ソ 必 必 必			
報				必			

一 十 才 木 本				二 亖 言 言 言 訁 訪 誠 誠 誠			
本				誠			

일편단심(一片丹心)

1	2	3	4	4	3	1	2
先	祖	祭	祀	主	於	愛	敬
먼저 선	할아비 조	제사 제	제사 사	주될 주	어조사 어	사랑 애	공경 경

선조님의 제사는   사랑과 공경을 주장하니

“ 무릇 제사는 사랑과 공경(恭敬)을 위주로 할 따름이다. 제사를 모실 선조를 생각하며 생전에 거처하시던 것을 생각하며 자애로우신 모습을 생각하며 좋아하시던 것을 생각하며 그 모습을 뵙는 듯하며 음성을 듣는 것 같이 정성을 다하면 신이 흠향(歆饗)하시리라. ”

순서에 맞춰 예쁘게 따라 써 보세요

丿 丿 纟 生 씃 先				丶 亠 宀 主 主			
先				主			
丶 ラ ネ ネ 礻 初 神 袓 祖				丶 亠 宀 方 方 於 於 於			
祖				於			
丿 ク タ タ 夕 死 怨 祭 祭 祭				丶 爫 爫 严 严 恶 恶 愛 愛 愛			
祭				愛			
丶 ラ ネ ネ 礻 礻 祀				一 十 艹 卄 芍 芍 芍 敬 敬			
祀				敬			

➲ 자기가 저지른 일이 다시 자신에게 돌아온다는 뜻의 한자어는?

1	2	3	4	4	1	2	3
或	貧	或	富	稱	家	有	無
혹시 혹	가난할 빈	혹시 혹	부자 부	일컬을 칭	집 가	있을 유	없을 무

혹 가난하고 혹 부하면 | 집의 있고 없음에 걸맞게 하고

“ 가정 형편에 따라 있으면 있는 만큼 없으면 없는 만큼 제사 음식을 올리면 된다. 부(富)한데도 너무 검소(儉素)하면 조상에 대한 예(禮)가 아니며 형편이 어려운데도 무리하여 너무 사치하게 지내면 조상을 공경(恭敬)함이 아니요 아첨(阿諂)하는 것이다. ”

순서에 맞춰 예쁘게 따라 써 보세요

一 𠃌 口 㦮 或 或 或	二 千 禾 禾 禾 秆 秆 稍 稻 稱 稱
或	稱
丿 八 分 分 分 贫 贫 贫 貧 貧	丶 宀 宀 宀 宇 宇 家 家
貧	家
一 𠃌 口 㦮 或 或 或	丿 ナ オ 右 有 有
或	有
丶 宀 宀 宁 宁 宫 宫 富 富	丿 ト 든 딘 듄 無 無 無 無 無
富	無

자업자득(自業自得)

1	2	4	3	1	2	4	3
財	力	可	及	自	當	如	儀
재물 재	힘 력	가할 가	미칠 급	스스로 자	마땅 당	같을 여	거동 의

재력이 의례에 미칠수 있다면 | 스스로 마땅히 의례와 같이 해야한다.

" 재산(財産)과 시간이 허락(許諾)한다면 제사(祭祀)를 주관하는 자는 초상집이나 질병(疾病)을 문병하지 않고 냄새나는 채소와 술을 마시지 않으며 흉(凶)하고 더러운 일에는 참여(參與)하지 말고 몸가짐을 바로 가지고 재물을 의례(儀禮)에 따라 준비함이 옳다. "

순서에 맞춰 예쁘게 따라 써 보세요

ㅣ 冂 冂 月 目 貝 貝 貯 財 財	′ ′ 冂 自 自 自
財	自
フ 力	⺌ ⺌ ⺌ 党 常 常 常 當
力	當
一 丁 丌 可 可	ㄑ 夕 女 如 如 如
可	如
ノ 乃 及	亻 亻 佯 佯 佯 佯 儀 儀 儀
及	儀

➡ 처음에 마음먹은 일이나 약속이 오래 가지 못한다는 뜻의 한자어는?

4	3	1	2	1	4	3	2
欲	爲	孝	道	何	不	行	此
하고자할 욕	할 위	효도 효	도리 도	어찌 하	아니 불	행할 행	이 차
효도를 하고자 하면				어찌 이와 같이 행하지 않으리오			

  살아계실 적에는 부모님의 뜻을 받들어 모시고 돌아가신 뒤에는 부모님의 업적(業績)을 계승(繼承) 발전(發展)시켜야 하니 살아 계실 적에 봉양(奉養)과 돌아가 돌아가신 뒤에 추모(追慕)함을 어찌 이와 같이 하지 않아 불효(不孝)를 하리오.

ハ ク 欠 ぐ ぞ 谷 谷 谷 欲 欲 欲		ノ イ イ 仁 仃 何 何 何	
欲		何	
´ 宀 宀 尒 广 庐 庐 爲 爲 爲		一 ア 不 不	
爲		不	
一 十 土 耂 考 孝 孝		ノ ク 彳 彳 行 行	
孝		行	
` ´´ 广 广 产 首 首 首 道 道		一 卜 止 止 此	
道		此	

작심삼일(作心三日)

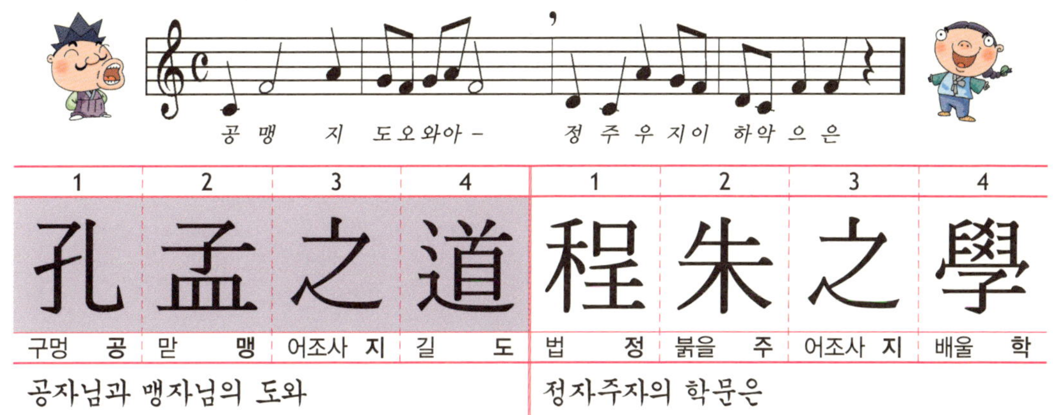

1	2	3	4	1	2	3	4
孔	孟	之	道	程	朱	之	學
구멍 공	맏 맹	어조사 지	길 도	법 정	붉을 주	어조사 지	배울 학

공자님과 맹자님의 도와   정자주자의 학문은

> **❝** 공자(孔子)님과 맹자(孟子)께서 가르치신 도리(道理)와 정자(程字)
> 주자(朱子)의 계승(繼承) 발전(發展)시킨 도의(道義)는 우리의
> 일상(日常) 생활(生活)의 밖에서는 구하지 않았음이니 **❞**

순서에 맞춰 예쁘게 따라 써 보세요

﹁ 了 子 孔			
孔			
﹁ 了 子 予 舌 舌 孟 孟			
孟			
﹨ ﹍ 之			
之			
﹨ ﹍ ﹍ ﹍ 艹 首 首 首 道 道			
道			

﹁ ﹍ 千 禾 禾 和 和 程 程 程			
程			
﹨ ﹨ ﹍ 牛 牛 朱			
朱			
﹨ ﹍ 之			
之			
﹪ ﹫ ﹫ ﹫ 臼 臼 學 學 學 學			
學			

◐ 일을 대하는 태도나 방법이 바르고 떳떳하다는 뜻의 한자어는?

1	2	3	4	4	3	1	2
正	其	誼	而	不	謀	其	利
바를 정	그 기	옳을 의	말이을 이	아니 불	꾀할 모	그 기	이로울 리

바로 그 옳음이요 · 그 이익을 도모하지 않으며

66 사람이 생활(生活) 하는데 올바른 것을 구할 뿐 그 어떤
사사로운 이익(利益)을 얻고자 한 것이 아니다. 의(義)라는 것은
우리가 살아가면서 마땅히 해야
할 도리(道理)로서 하늘이
정해준 질서(秩序)요,
분수(分數)인 것이다. 99

순서에 맞춰 예쁘게 따라 써 보세요

一 丁 下 正 正				一 ㄱ 才 不			
正				不			

一 十 艹 其 甘 其 其 其				二 言 言 訂 計 詳 詳 詳 謀			
其				謀			

二 言 言 訁 訂 訝 訝 詛 誼				一 十 艹 艹 甘 其 其 其			
誼				其			

一 丆 丙 而 而				一 二 千 チ 禾 利 利			
而				利			

정정당당(正正堂堂)

3	1	2	4	4	3	1	2
明	其	道	而	不	計	其	功
밝을 명	그 기	길 도	말이을 이	아니 불	꾀 계	그 기	공 공

그 도리를 밝힘이요   그 공을 꾀한 것이 아니시니라

“ 하늘이 명(命)한 것을 성(性)이라 이르고 성(性)을 따르는 것을 도(道)라 이르고 도(道)를 품절(品節)해 놓은 것을 교(敎)라 이른다. 그 부여(附與)받은 도리(道理)를 밝혀서 가르치는 말씀이요 그 공(功)을 꾀하여 후세(後世)에 가르침을 드리운 것이 아니다. ”

순서에 맞춰 예쁘게 따라 써 보세요

丨 冂 冃 日 日 ^明 明 明 明	一 フ オ 不
明	不
一 十 艹 甘 甘 其 其 其	丶 亠 䒑 言 言 言 言 計 計
其	計
丶 丷 䒑 䒑 产 首 首 道 道	一 十 艹 甘 甘 其 其 其
道	其
一 厂 厂 丙 而 而	一 丁 工 功 功
而	功

처음 마음먹은 뜻을 한결같이 지켜서 끝까지 이루어낸다는 한자어는?

1	2	3	4	1	4	2	3
嗟	嗟	小	子	敬	受	此	書
탄식할 **차**	탄식할 **차**	작을 소	아들 자	공경 경	받을 수	이 차	글 서

아아 제자들이여 | 공경히 이 글을 받아라

“ 다행(多幸)히 인간의 떳떳한 도리(道理)는 하늘이 다하도록
떨어짐이 없다. 옛 성인(聖人)과 현인(賢人)의 가르침을 모아서
행여 후학(後學)들을 일깨우려 하니
공경(恭敬)히 이 글을
받아서 본래 내가 타고난
착한 본성(本性)을
회복(回復)하도록
하자. ”

순서에 맞춰 예쁘게 따라 써 보세요

ㅣ 口 口 口ˇ 口ˇˇ 口ˇ 嗟 嗟 嗟 嗟		一 十 艹 丼 苟 苟 苟 敬
嗟		敬
ㅣ 口 口 口ˇ 口ˇˇ 口ˇ 嗟 嗟 嗟 嗟		爫 爫 爫 爫 严 受 受 愛 愛 愛
嗟		受
ㅣ 小 小		一 ㅏ 止 止 此
小		此
ㄱ 了 子		ㄱ ㄱ ㅋ ㅋ 聿 聿 書 書 書 書
子		書

초지일관(初志一貫)

4	1	3	2	1	2	3	4
非	我	言	耄	唯	聖	之	謨
아닐 비	나 아	말씀 언	늙은이 모	오직 유	성인 성	어조사 지	가르칠 모

나 늙은이의 망령된 말이 아니요   오직 성인의 가르침이시니라.

❝ 뒤에 배우는 후학(後學) 들이여 내가 함부로 지어낸 말이 아니요
오직 성인(聖人)의 가르침을 소자(小子)들에게 전하는 바이니
이 글을 공경(恭敬)히 받아서
배워 몸에 익숙히 하면 몸이
펴지고 마음이
이 세상(世上)에 우뚝
서게 될 것이다. **❞**

순서에 맞춰 예쁘게 따라 써 보세요

丿 丿 丬 丮 非 非 非 非					﹑ 丨 口 叮 叮 叮 听 听 唯 唯			
非				唯			
一 二 千 手 我 我 我				一 丁 F 耳 耳 耵 耵 耵 聖 聖			
我				聖			
丶 一 亠 言 言 言 言				丶 ㇏ 之			
言				之			
一 十 土 耂 耂 老 耂 耋 耊 耄				艹 艹 芒 芓 苗 苜 莫 萛 莫 謨			
耄				謨			

한자 쓰는 순서

한자를 어떻게 쓰는지 모른다고? 모르는 게 아니고 익숙하지 않아서 그런거란다. 한자 쓰기도 우리말이나 영어처럼 자주 써 보면 아주 쉽단다. 한자를 쓰는 순서는 아래의 원칙을 따라 쓰면 된단다.

1. 위에서 아래로 쓴다.

예) 

2. 왼쪽에서 오른쪽으로 쓴다.

예) 

3. 좌와 우가 대칭일 때 가운데를 먼저 쓴다.

예) 亅 小 小　　亅 刀 水 水

4. 가로와 세로획이 겹칠때 가로 획을 먼저 쓴다.

예) 𠃌 力　　一 ナ 大

5. 삐침과 파임이 겹칠때 삐침을 먼저 쓴다.

예) 丿 八 丿 父

6. 가운데를 꿰뚫는 글자는 가장 나중에 쓴다.

예) 丶 口 口 中　　𡛷 乃 乃 母 母

직계(直系)와 방계(傍系)의 호칭

나의 아버지의 아버지는 할아버지이고, 아버지의 할아버지는 증조부(曾祖父)라 하며, 할아버지의 할아버지는 고조부(高祖父)라 한다.

선조(先祖)때부터 장남(長男)으로 계승되어 내려온 자손을 종손(宗孫)이라 하고, 그 집안을 종가(宗家)라 한다.

나의 아들의 아들은 손자(孫子)라 하고, 손자의 아들은 증손(曾孫)이라 하며, 손자의 손자는 현손(玄孫)이라 한다.

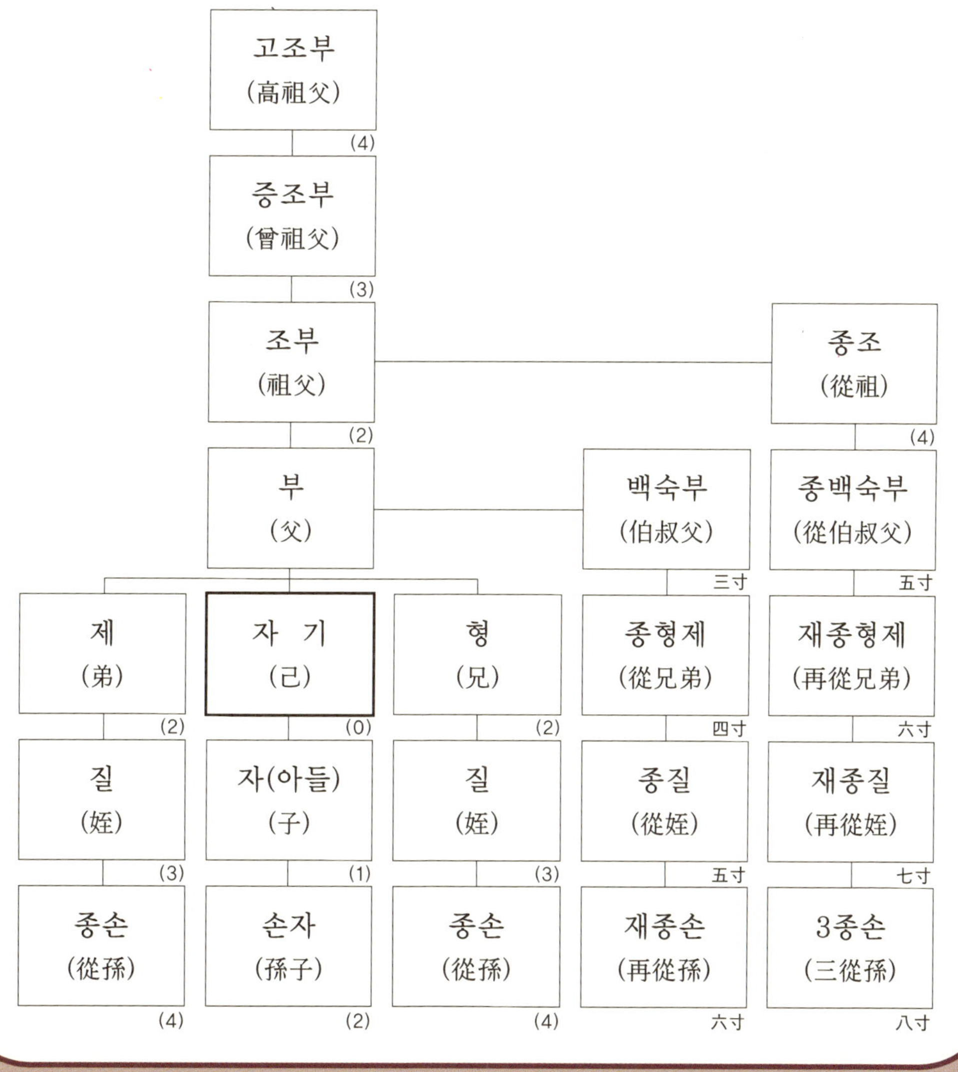

내종간(內從間)의 계보와 호칭

나의 아버지의 자매(姉妹)는 고모(姑母)하 하며, 고모의 남편은 고모부(姑母夫)라 하고, 고모의 자녀는 고종(姑從) 형제자매라 한다.

할아버지의 자매는 대고모(大姑母)라 하고, 대고모의 자는 내종숙부(內從叔父)라 하고, 내종숙부의 자는 나의 내재종형제(內再從兄弟)라 한다.

증조부의 자매는 왕대고모(王大姑母)라 하고, 왕대고모의 자는 내재종조(內再從祖)라 하며, 내재종조의 자는 내재종숙부(內再從叔父)라 하며, 내재종숙부의 자는 내삼종형제자매(內三從兄弟姉妹)라 한다.

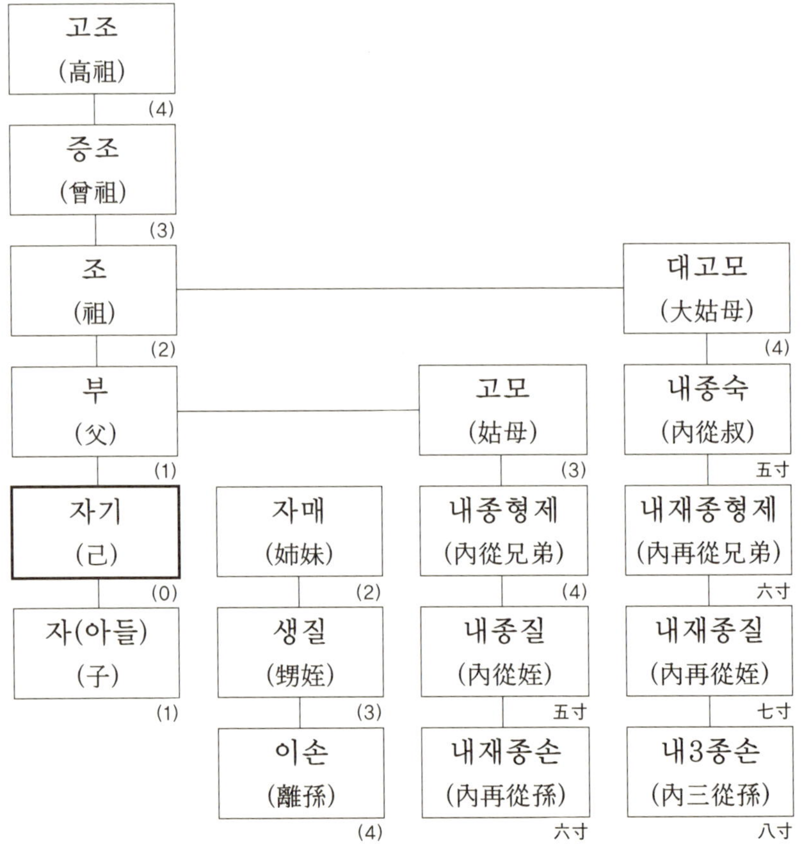

외가(外家)의 계보와 호칭

어머니 친가(親家)의 관계이므로 성(姓)이 다르면서 가까운 혈연이라서 어머니의 친정(親庭)을 외가(外家)라 한다.
어머니의 아버지를 외할아버지라 부르고 어머니의 어머니를 외할머니라 한다. 어머니의 형제(兄弟)는 외숙(外叔), 외삼촌(外三寸)이라 부르고 어머니의 자매는 이모(姨母)라 한다.

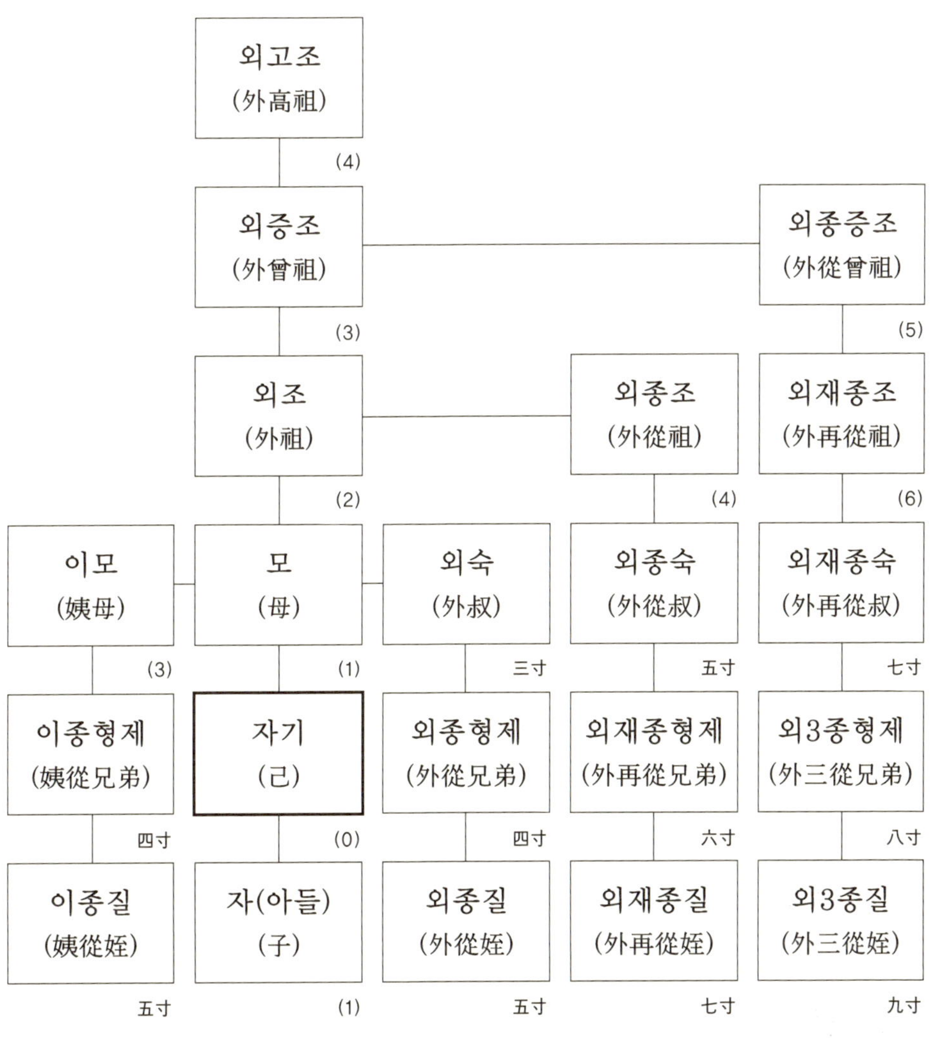

부록

1 다음 한자의 음을 쓰세요.

① 乳以哺我 (   )   ② 出入腹我 (   )

③ 恩高如天 (   )   ④ 欲報其德 (   )

2 다음 문장을 우리말로 해석하세요.

① 父生我身 母鞠吾身

(   )

② 以衣溫我 以食活我

(   )

3 다음 문장을 한자로 쓰세요.

① 배로써 나를 품으시고 (   )

② 나를 자라게 하고 나를 키워 주시며 (   )

4 다음과 같은 뜻을 가진 사자성어를 쓰세요.

① 달콤한 말로 사람을 꾄다. (   )

② 좋은 것을 보면 갖고 싶은 욕심이 생긴다. (   )

5 다음 한자의 음을 쓰세요.

① 父母呼我 (   )   ② 勿踞勿臥 (   )

③ 每必起立 (   )   ④ 開閉必恭 (   )

6 다음 문장을 우리말로 해석하세요.

① 有命必從 勿逆勿怠

(   )

② 須勿大唾 亦勿弘言

(   )

7 다음 문장을 한자로 쓰세요.

① 사람의 자식이 된 자로 (   )

② 어찌 효도를 하지 않으리오 (   )

8 다음과 같은 뜻을 가진 사자성어를 쓰세요.

① 예전에 비해 놀랄만큼 실력이 늘었다. (   )

② 쉽게 생각할 수 없는 특별한 생각과 행동. (   )

9 다음 한자의 음을 쓰세요.

① 出入告之 (   )   ② 反必拜謁 (   )

③ 父母有疾 (   )   ④ 膝前勿坐 (   )

10 다음 문장을 우리말로 해석하세요.

① 飮食雖厭 與之必食

(   )

② 衣服雖惡 與之必著

(   )

11 다음 문장을 한자로 쓰세요.

① 높은 나무에 오르지 말자 (   )

② 부모님께서 근심 하시느니라 (   )

12 다음과 같은 뜻을 가진 사자성어를 쓰세요.

① 물어보는 말과 상관없이 엉뚱하게 대답한다. (   )

② 돌려 말하지 않고 곧바로 문제점을 말한다. (   )

13 다음 한자의 음을 쓰세요.

① 身體髮膚 (　　　　　)　② 立身行道 (　　　　　)

③ 先養心志 (　　　　　)　④ 父母深愛 (　　　　　)

14 다음 문장을 우리말로 해석하세요.

① 我身不賢 辱及父母

(　　　　　　　　　　　　　　　　　　　　)

② 我身能善 譽及父母

(　　　　　　　　　　　　　　　　　　　　)

15 다음 문장을 한자로 쓰세요.

① 감히 훼손하거나 상하지 않음이 (　　　　　　　　)

② 반드시 온화한 기운이 있고 (　　　　　　　　)

16 다음과 같은 뜻을 가진 사자성어를 쓰세요.

① 가까이 있는 사람이나 물건을 잘 찾지 못한다. (　　　　　　)

② 남의 말을 귀 기울여 듣지 않고 흘려버린다. (　　　　　　)

17 다음 한자의 음을 쓰세요.

① 聽於無聲 (   )　② 素受一血 (   )

③ 同源異流 (   )　④ 不敢怨怒 (   )

18 다음 문장을 우리말로 해석하세요.

① 兄弟姉妹 友愛而已

(   )

② 比之於木 同根異枝

(   )

19 다음 문장을 한자로 쓰세요.

① 뼈와 살은 비록 나누어졌으나 (   )

② 본래 한 기운에서 태어났고 (   )

20 다음과 같은 뜻을 가진 사자성어를 쓰세요.

① 모든 일은 결국 바른 이치대로 돌아온다. (   )

② 사방에 적이 많아 도움을 받을 수 없는 상황. (   )

21 다음 한자의 음을 쓰세요.

① 我有憂患 (   )   ② 何以不和 (   )

③ 互讓相助 (   )   ④ 友愛尤篤 (   )

22 다음 문장을 우리말로 해석하세요.

① 兄有過失 和氣以諫

(   )

② 弟有過誤 柔聲以訓

(   )

23 다음 문장을 한자로 쓰세요.

① 형제간에 화목하면 (   )

② 부모님 또한 즐거워하시니 (   )

24 다음과 같은 뜻을 가진 사자성어를 쓰세요.

① 말과 행동이 같아야 한다. (   )

② 둘이 싸우는 사이에 엉뚱한 사람이 이익을 얻는다. (   )

25 다음 한자의 음을 쓰세요.

① 一尺之布 (   ) ② 率先垂範 (   )

③ 禽獸無異 (   ) ④ 祭祀必誠 (   )

26 다음 문장을 우리말로 해석하세요.

① 兄無衣服 弟必獻之

(   )

② 見善從之 知過必改

(   )

27 다음 문장을 한자로 쓰세요.

① 아우가 음식이 없으면 (   )

② 형은 반드시 줄지니라 (   )

28 다음과 같은 뜻을 가진 사자성어를 쓰세요.

① 미리 준비가 되어 있으면 걱정이 없다. (   )

② 처음에 먹은 마음을 바꾸지 않고 한결같다. (   )

29 다음 한자의 음을 쓰세요.

①財力可及 (　　　　　)　②何不行此 (　　　　　)

③自當如儀 (　　　　　)　④不謨其利 (　　　　　)

30 다음 문장을 우리말로 해석하세요.

①先祖祭祀　主於愛敬

(　　　　　　　　　　　　　　　　)

②或貧或富　稱家有無

(　　　　　　　　　　　　　　　　)

31 다음 문장을 한자로 쓰세요.

① 그 도리를 밝힘이요 (　　　　　　　)

② 그 공을 꾀한 것이 아니시니라 (　　　　　　　)

32 다음과 같은 뜻을 가진 사자성어를 쓰세요.

① 자기가 저지른 일이 다시 자신에게 돌아온다. (　　　　　　)

② 처음에 마음먹은 일이나 약속이 오래 가지 못한다. (　　　　　)

1. ① 유이포아 ② 출입복아 ③ 은고여천 ④ 욕보기덕

2. ① 아버지께서 내 몸을 낳으시고 어머니께서 내 몸을 기르셨도다

   ② 옷으로써 나를 따뜻하게 하시고 밥으로써 나를 살려 주시며

3. ① 腹以懷我 ② 長我育我　4. ① 甘言利說 ② 見物生心

5. ① 부모호아 ② 물거물와 ③ 매필기립 ④ 개폐필공

6. ① 명하심이 있으시면 반드시 따르고 거역하지 말고 게을리 하지 말자

   ② 모름지기 큰소리로 침 뱉지 말며 또한 큰소리로 말하지 말자

7. ① 爲人子者 ② 曷不爲孝　8. ① 刮目相對 ② 奇想天外

9. ① 출입곡지 ② 반필배알 ③ 부모유질 ④ 슬전물좌

10. ① 음식이 비록 싫더라도 주시거든 반드시 먹고

   ② 의복이 비록 나쁘더라도 주시거든 반드시 입자

11. ① 勿登高樹 ② 父母憂之　12. ① 東問西答 ② 單刀直入

13. ① 신체발부 ② 입신행도 ③ 선양심지 ④ 부모심애

14. ① 내 몸이 어질지 아니하면 욕됨이 부모님께 미치고

   ② 내 몸이 능히 착하면 명예가 부모님께 미치느니라

15. ① 不敢毁傷 ② 必有和氣　16. ① 燈下不明 ② 馬耳東風

17. ① 청어무성 ② 소수일혈 ③ 동원이류 ④ 불감원노

18. ① 형제자매는 우애할 따름이니라

   ② 나무에다 비유하면 뿌리는 같고 가지만 다르니라

19. ① 骨肉雖分 ② 本生一氣　20. ① 事必歸正 ② 四面楚歌

21. ① 아유우환 ② 하이불화 ③ 호양상조 ④ 우애우독

22. ① 형에게 과실이 있으면 온화한 기운으로써 간하고

   ② 아우에게 과오가 있으면 부드러운 목소리로써 훈계하며

23. ① 兄弟和睦 ② 父母亦樂　24. ① 言行一致 ② 漁父之利

25. ① 일척지포 ② 솔선수범 ③ 금수무이 ④ 제사필성

26. ① 형이 의복이 없으면 아우는 반드시 드리고

   ② 선을 보면 따르고 허물을 알았으면 반드시 고치자

27. ① 弟無飮食 ② 兄必與之　28. ① 有備無患 ② 一片丹心

29. ① 재력가급 ② 하불행차 ③ 자당여의 ④ 불모기리

30. ① 선조님의 제사는 사랑과 공경을 주장하니

   ② 혹 가난하고 혹 부하면 집의 있고 없음에 걸맞게 하고

31. ① 明其道而 ② 不計其功　32. ① 自業自得 ② 作心三日

차선환 훈장

전남 장성 출생(56세). 어린 시절부터 서당에 글 읽는 소리에 반하여 서당을 다니고 싶었으나 뜻을 이루지 못하고, 32세에 常日 洪台達 선생님께 천자문부터 배우기 시작하여 여러 스승님을 거쳐 瑞巖 金熙鎭 선생님을 은사로 모시고 부여와 계룡산 등지에서 다년간 수학하여 유학에 참 뜻을 조금이나마 깨닫게 되었다.

45세에 계룡산에서 상도서재를 운영하다 현재는 충북 음성군 감곡면 문촌리에서 상도서재를 운영하며 후학들을 가르치고 있다.

노래하는 四字小學

(효행편)

지은이 차선환 훈장
그린이 김영곤
교 정 박수지, 전유진
펴낸이 김영진

인 쇄 2007년 7월 10일
발 행 2007년 7월 15일

펴낸곳 도서출판 모두북스
주 소 서울특별시 종로구 구기동 85-9 인왕B/D 301호
전 화 02-396-1044(대표) / 팩스 02-396-1045
등 록 제300-2005-166호

ⓒ글 차선환, 2007. ⓒ그림 김영곤, 2007.

값 6,500원

ISBN 978-89-957298-6-1 64710
ISBN 978-89-957298-9-2 〈세트〉